탐라는 제주

탐라는 제주

발행일 2021년 5월 20일

지은이 귤귤
펴낸이 손형국
펴낸곳 (주)북랩
편집인 선일영
편집 정두철, 윤성아, 배진용, 김현아, 박준
디자인 이현수, 한수희, 김윤주, 허지혜
제작 박기성, 황동현, 구성우, 권태련
마케팅 김회란, 박진관
출판등록 2004. 12. 1(제2012-000051호)
주소 서울특별시 금천구 가산디지털 1로 168, 우림라이온스밸리 B동 B113~114호, C동 B101호
홈페이지 www.book.co.kr
전화번호 (02)2026-5777 팩스 (02)2026-5747

ISBN 979-11-6539-771-5 03810 (종이책) 979-11-6539-772-2 05810 (전자책)

귤귤 지음

탐라는 제주

어떻게 여행할까요?

500일
제주 생활의 기록

북랩 book Lab

들어가며

아무런 연고도 없던 제주도에서 1년을 넘게 살면서 외로움을 잊고 즐겁게 지낼 수 있었던 것은 단연코 친구들 덕분이었다. 비행기나 배를 타지 않으면 육지로 가기 힘든 제주에서는 미리 계획을 세우지 않으면 누군가를 만나기가 힘들었다. 약속을 잡아 비행기를 타고 가도 친구의 생각지 못한 일 때문에 약속이 깨지는 경우도 있었는데 친구의 사연을 이해하면서도 마음 한편에 서운함이 남는 것은 어쩔 수 없었다. 그렇게 몇 번을 왔다 갔다 하다 보니 제대로 쉬지 못해서 몸과 마음이 지쳐갔다. 게다가 장마나 태풍 시즌에는 비바람으로 비행기가 결항하기도 해 섣불리 육지로 나갈 수 없어 고립된 느낌을 받기도 했었다.

이런 상황에서 제주도에 여행을 올 때 한 번씩 연락해주는 친구들이 정말 고마웠다. 여행을 온 친구들은 항상 웃는 표정으로 긍정적인 에너지를 줬고 함께 돌아다니다 보면 나도 여행의 두근거리는 행복을 느낄 수 있었다. 신혼여행이나 가족여행으로 와서 바쁜 일정 중에도 연락을 해줘서 잠시나마 커피 한 잔을 마시기도 했는데 짧은 시간이지만 나에겐 큰 힘이 되었다.

그중에는 1년 동안 제주도에 무려 4번이나 여행을 온 친구도 있다. 이 친구 덕분에 나는 제주도의 다양한 숙소를 경험해 볼 수 있었고 제주도 구석구석을 돌아볼 수 있었던 것 같다. 조금 재밌는 사실은 이 친구와 나는 제주도에 오기 전까지는 실제로 만났던 날이 일주일도 채 안 됐다는 것이다.

남미 여행 중 페루 쿠스코 공항에서 스치듯 만난 이 친구를 아르헨티나에서 이구아수 폭포를 구경하다 우연히 다시 마주치게 된다. 우리나라보다 약 180배 큰 남미에서 연락도 없이 지나가다가 마주칠 확률이 얼마나 될까? 집 앞 슈퍼에 가다가 우연히 옆 동 친구를 마주쳐도 절로 손이 올라갈 정도로 반가운데 한국인을 보기 드문 대륙인 남미에서 다시 만났을 때 반가움은 이루 말로 할 수가 없었다.

우리는 이구아수 폭포에서 사진도 찍고 함께 돌아다니며 자연스럽게 그날 저녁을 같이 먹게 되었다. 한국과 많이 떨어져 있어서 그런지 눈치를 보지 않고 이야기를 할 수 있었고 자연스레 깊은 속 이야기까지 하게 되었다. 이렇게 우리는 단시간에 오래된 소꿉친구처럼 친해졌다. 여행이 끝나고 한국에 돌아와서도 드문드문 연락하며 지냈지만 거리가 멀어 만나기가 힘들었다. 그러다 내가 제주로 오게 됐다는 소식을 듣고 코로나로 해외로 못 나가게 되었던 차에 이 친구는 모든 휴가를 제주에서 보냈다. 이제는 여자 친구가 생겨 혼자 여행하지도 않고 시간을 내서 만나기도 더 힘들어질 것 같지만 1년 동안 진짜 고마웠다 TJ.

이 길에 처음 발 딛게 해주고, 보잘것없는 글솜씨라 포기하려고 할 때마다 좋다고 다독여준 BB 씨와 멋진 표지 사진을 찍어준 내 마음속 최고의 사진작가 YJ 씨에게 작지만 소중한 이 책을 빌려 정말 고맙다는 말을 전하고 싶습니다. 그리고 제주도에 와서 좋은 에너지를 나눠준 친구들과 몸은 멀리 있어도 항상 따뜻함을 느끼게 해주는 가족과 친척들도 정말 감사했습니다.

차례

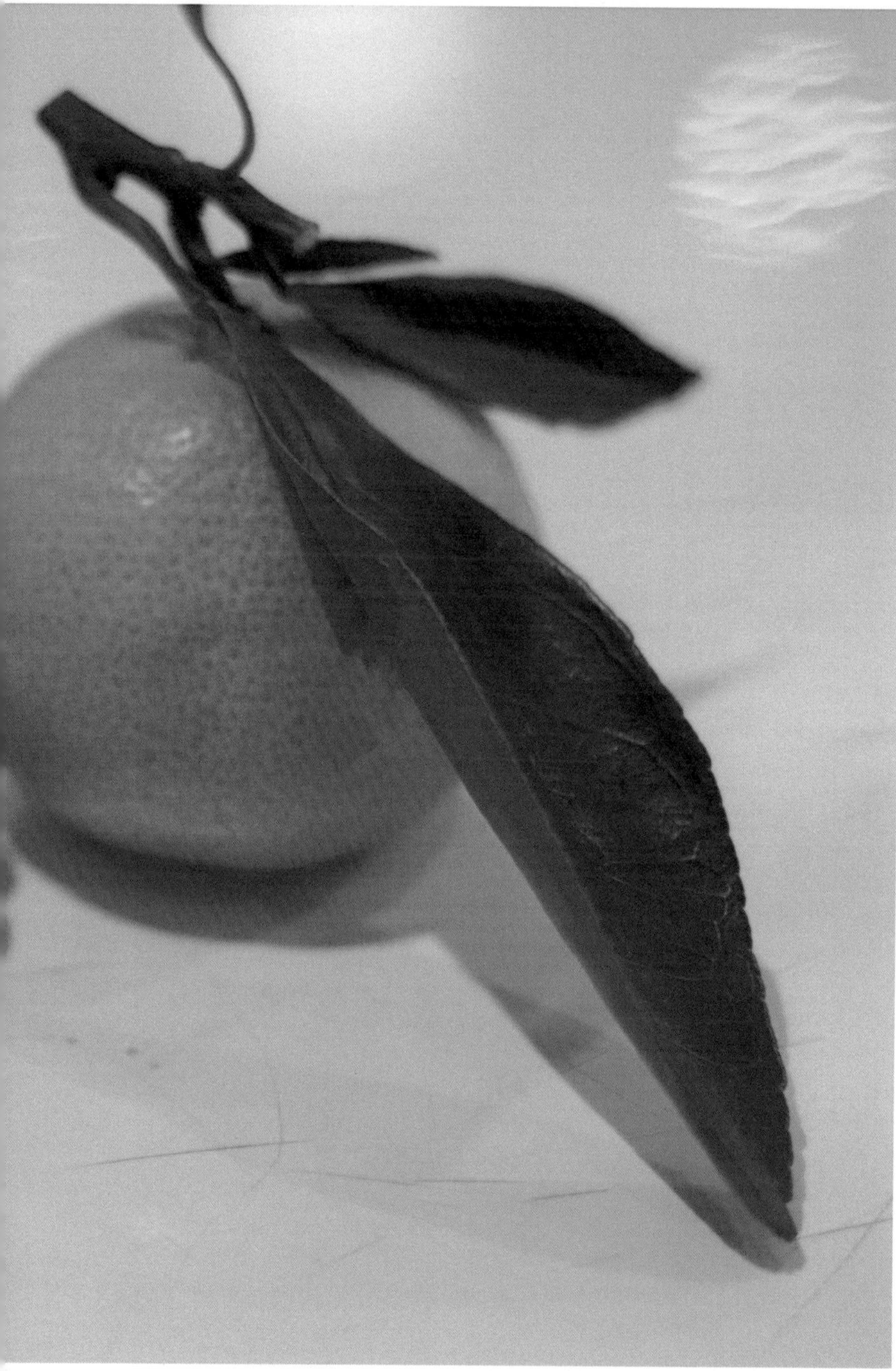

프롤로그

제주도는 자신의 가게를 운영하고 싶어 하는 창업자에게 기회의 땅이었다. 외부 관광객이 현지인보다 훨씬 많은 특수한 환경 때문에 도심 속이 아닌 외진 곳에 가게를 차려도 잘되는 경우가 많았고 나이나 취향에서 소비자층이 특정되지 않고 다양해서 창의적인 사업 아이템을 많이 도전할 수 있었다. 덤으로 천혜의 자연환경을 가진 섬에서 생활을 해볼 수 있다는 점에서 많은 육지 사람들이 매력을 느끼고 제주도로 넘어와 가게를 차렸다.

많은 사람이 창업을 함에 따라 제주도에서는 한 해에 생기고 사라지는 음식점과 게스트하우스가 수백 개라고 한다. 잘되지 않는 가게가 망하고 새로운 가게가 생기는 것은 자연스러운 경제 이치이며 사회에 긍정적 순환이라고 할 수 있다. 잘되는 가게는 살아남아서 새로운 도전자에게 동기를 유발하고 노력에 대한 대가를 톡톡히 받기도 한다.

하지만 요즘은 조금 다른 것 같다. 자연스러운 경제 순환이 깨진 느낌이랄까? 코로나 이전 활발하던 상권이 어느샌가 사람들이 다니지 않는 죽은 상권이 되어 있고 바다가 보이는 멋진 건물들 곳곳에 '임대', '매매'라는 글자가 붙어있다.

제주의 많은 식당과 숙박업소들이 사라져 가고 있다. 공장이나 기업이 거의 없는 제주도는 외지인뿐만 아니라 도민의 대부분이 관광, 서비스업에 종사하고 소상공인의 비율이 높다. 코로나 사태가 장기화되면서 중국인 여행객도 없어지고 내국 이동도 자제되면서 제주도는 조금씩 더 힘들어지고 있다. 하루가 다르게 늘어가는 빈집과 텅 빈 상가들의 모습에 마음이 아팠다. 이 글을 읽은 사람들이 조금이라도 제주도에 대해 흥미를 느껴 코로나 사태가 진정되고 제주도를 방문하게 된다면 더할 나위 없이 좋을 것 같다.

글 중간중간 내가 소개한 곳들이 찾아가 볼 때쯤은 없어졌을 수도 있다. 그만큼 제주는 빨리 변해가고 있다. 남아있었으면 꼭 소개하고 싶었던 자주 가던 칼국숫집이 고깃집으로 변했다. 꼭 가봐야겠다고 생각하고 있던 카페를 최근에 방문했을 땐 남겨진 거대한 이사 상자만이 바닥에 뒹굴고 있었다.

처음 글을 쓸 생각을 했을 때는 맛집이나 카페들을 소개하며 글을 이어나가려고 했지만 이렇게 급변하는 제주도에서 특정한 가게를 소개하는 것이 큰 의미가 없을 수도 있다는 생각이 들었다. 그래서 글의 방향을 조금 바꿔 보았다. 어떤 식당이나 장소를 추천하는 내용을 줄이고 나의 경험과 생각을 넣으면서 여행의 향기를 느낄 수 있도록 고민해 보았다. 1년이 조금 넘는 시간 동안 제주도를 돌아다니며 보고 들었던 것들을 공유하려고 노력했다. 이 책에서 제주의 매력을 보고 여행을 결심한다면, 계획을 짤 때 한 번 다시 열어보는 책이 됐으면 한다.

시 작

제주도에 온 지 어느덧 1년 차. 취업하고 약 2년간 직장으로 인해 크고 작은 4번의 이사를 경험하고 이번 제주 발령에 큰 불만을 가지고 오게 되었다. 입이 삐죽 나온 채 시작한 제주 생활이 지금 돌아보면 내 인생 가장 행복했던 1년이라고 생각될 만큼 좋았었다. 제주도가 그랜드캐니언 같은 거대한 자연경관이나 몰디브 해변 같은 아름다운 리조트를 가지고 있진 않지만, 해외여행만 다니던 나를 제주도에 일 년에 한두 번 꼭 오고 싶게 만든 매력이 있는 곳임은 확실하다.

전라남도 광양에서 일하다가 갑작스러운 제주도 발령 소식을 들었다. 이제 어느 정도 타지 환경과 일에 적응했다 싶어 결혼과 정착을 생각하던 나에게는 청천벽력 같은 소리였다. 이때 '나는 평생 떠돌이로 살겠구나!'라고 생각하며 세상을 원망했다. 모든 걸 놓고 상사의 눈치도 보지 않고 모아둔 휴가를 다 써서 유럽 여행을 갔다 왔었다. 유럽 여행이 너무 좋았었나 보다. 갔다 와서 삶의 의지가 다시 불탔다. 공항에 도착해서 집에 가자마자 허겁지겁 짐을 싸서 하루에 한 편 있는 녹동항에서 제주로 가는 배에 몸을 실었다.

점심때쯤 제주에 도착해서 새 사무실에 가서 인사를 드리고 간단한 서류들을 작성하고 숙소로 갔다. 숙소에 짐을 풀다 보니 어느새 날이 어둑해졌다. 적당히 정리해두고 저녁을 먹으러 집 앞에 식당을 찾는데 갑자기 슬퍼졌다. 조울증인가? 제주의 도심은 나의 젊음을 보내기엔 너무 어두웠고 고요했다. 퇴근하고 핫한 펍에 가서 맥주도 한잔하고 멋진 레스토랑에서 소개팅도 하는 나의 꿈같은 직장생활을 제주에선 절대 이루지 못할 것이라는 생각이 들었기 때문이다. 아는 사람도 없을뿐더러 도시의 상징이라 할 수 있는 고층 빌딩을 제주에선 찾아보기 힘들었다. 뒤늦게 안 사실이지만 제주엔 백화점이 없다. 면세점용 쇼핑몰들은 많지만, 도민이 이용할 수 있는 쇼핑몰은 작은 아웃렛과 로드샵뿐이다. 내 고향 순천에도 NC백화점이라는 작은 백화점이 있는데 여긴 더한 곳이었다.

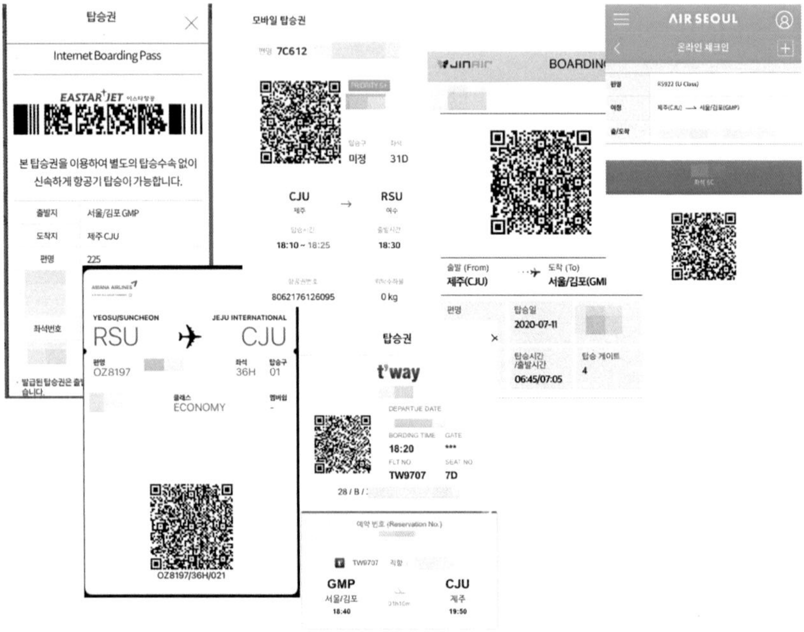

이런 우울함에서 벗어나기 위해 그해에는 육지를 자주 갔다. 비행기가 쌀 때는 쉬는 날 당일치기로 서울을 가서 친구를 만나고 오기도 했다. 이렇게 비행기를 자주 타고 돌아다니는 나를 친구들은 BTS라고 불렀다.

하지만 육지 바라기 생활이 제주도를 방문하는 친구들에 의해 조금씩 바뀌게 되었다. 제주도에 오기 전에 친구들에게 하소연을 많이 했었는데 그 덕분에 친구들은 제주도에 내가 있는 것을 알게 되었다. 친구들은 제주도에 오면 고맙게도 나에게 연락을 해주었고 나는 생각보다 많은 친구가 제주도를 정기적으로 방문한다는 것을 알게 되었다. 그리고 그 친구들은 항상 나를 부러워했다. “누구는 돈 주고 한 달 살기 하려고 제주도 오는데 너는 돈 벌면서 제주도 살고 부럽다.” 이런 말을 정말 많이 들었다.

친구들은 여행을 오면 제주에 온 지 얼마 안 된 나를 마치 제주에 10년도 넘게 산 토박이로 생각하는지 맛집 같은 여행 정보를 많이 물어봤다. 심지어 온 지 이틀 만에 제주도 좋은 곳 좀 추천해달라는 연락을 받기도 했다. 이러한 부탁에 처음에는 인터넷에서 본 정보를 그대로 전해주었다. 하지만 문뜩 이러면 ‘나한테 물어볼 필요가 있나?’라는 미안한 생각이 들었고 인터넷에서 볼 수 없는 생생한 정보를 전해주기 위해 가까운 곳을 하나씩 가보기 시작했다. 몇 군데 다니다 보니 언제부턴가 누군가를 위한 것이 아닌, 내가 가고 싶은 곳들을 찾고 있는 나의 모습을 보게 되었다. 그렇게 나만 알고 싶은 제주 지도 그리기가 시작됐다.

001

김밥과 돈가스

김밥 이야기

제주도는 김밥이 유명하다. 이유를 알 수 없지만, 제주도 맛집으로 검색하면 항상 상위권에 김밥집이 나올 정도이다. 처음엔 김밥에 관심이 하나도 없었다. 김밥이 아무리 맛있어 봤자 '기본 재료가 똑같을 텐데 얼마나 맛있겠나?'라는 생각이 컸기 때문이다. 하지만 친구가 놀러 올 때 찾아온 김밥집을 하나둘씩 방문하면서 생각이 바뀌게 되었다. 제주도와 김밥은 생각보다 잘 어울렸다. 맛과 모양에서 특별함은 가진 곳도 있지만, 김밥 그 자체가 산과 바다가 많은 제주도에서 피크닉을 하며 먹기에 제격이었다.

인터넷에 '제주도 3대 김밥'이라고 검색을 하면 여러 김밥집이 나오는데 다른 2대는 바뀌어도 항상 꼭 끼어있는 김밥집이 있다. 바로 '오는정김밥'이다. 이 김밥을 최근에서야 먹어보게 되어 김밥에 관한 이야기를 써 볼 생각을 하게 되었다. '오는정김밥'을 포함해 제주도에서 먹은 다섯 가지 김밥에 대한 내 소감(?)을 써보려 한다. 나는 미식가도 아니고 많은 요리를 먹어 본 전문가도 아니다. 그 때문에 이것은 정말 주관적이고 개인적인 이야기이다.

제주 김만복 김밥

제주도에 유명한 체인 김밥집이 있다. 이 작은 섬에 약 10개의 체인점을 가지고 있다는 것은 맛과 비주얼이 어느 정도 보장됐다고 생각할 수 있다.

김만복 김밥은 곳곳에 매장이 있어서 접근성이 좋고 예약이나 대기가 없기 때문에 가볍게 들르기 좋다. 이 집에서 가장 유명한 메뉴는 전복 김밥인데 음식의 모습이 마치 "여기 제주도야."라고 말을 하는 것 같았다. 특별한 음식 사진을 남기고 싶다면 제주 여행 기념으로 한번 들러보는 것을 추천한다.

김밥의 맛은 간장 계란밥(?)과 조금 비슷했고 라면은 성게가 많이 들어간 해산물 라면이었다. 비주얼을 보고 기대가 너무 컸나? 맛은 생각보다 평범했다. 조금 아쉬운 점은 가격인데 김밥만 해서 6,500원이고 라면까지 시키면 15,000원 정도 하는 고급 정식이다.

다가미 김밥(한림점)

'다가미 김밥'은 제주도에 4개 지점이 있는 체인 김밥집이다. 김만복처럼 제주도에만 체인으로 김밥집이 이렇게 많이 있는 것을 보면 제주도가 김밥으로 유명하긴 정말 유명한 것 같다. 여기 김밥집은 일단 메뉴가 정말 단순하다. 메뉴는 기본 김밥과 참치, 소고기, 매운 멸치, 장조림 버섯, 화우(스테이크) 이렇게 6가지이다.

이곳의 김밥은 '입에 들어갈 수 있을까?'라는 생각이 들 정도로 큰데 젓가락으로 집어서 먹기 힘들 정도여서 사장님이 손으로 먹을 수 있도록 비닐장갑을 주신다. 손으로 집어 입에 넣으면 당근이나 단무지 같은 것이 하나둘 탈출을 하는데 이렇게 질질 흘리며 먹다 보니 유튜버 '밥굽남'이 된듯했다. 음식을 먹으며 야생적이고 원시적인 경험을 한다는 것이 무슨 말인지 알 것 같았다.

김밥은 재료가 많이 들어가서 맛이 없을 수가 없었다. 멸치 김밥은 매콤해서 조금 기름질 수 있는 소고기 김밥이 질리지 않게 해 주었다. 가격도 일반 김밥 2,500원, 멸치 김밥 4,500원, 소고기 김밥 5,500원으로 양과 비교해 저렴하다고 느껴졌다. 하지만 먹을 때 추한 모습을 보일 수 있어서 만난 지 얼마 안 된 새내기 커플에게는 추천하고 싶지 않다. 나는 친구와 한라산에 올라가기 전 이 김밥을 싸갔었다. 평소에 김밥은 보통 두 줄씩 먹는데 여기 김밥은 한 줄만 먹어도 배가 불렀다. 힘들게 오른 산에서 손으로 뜯어먹는 김밥은 원시적이고 재미난 경험을 하게 해 주었다. 등산하거나 물놀이 같은 액티브한 활동과 찰떡인 김밥이다.

서울에서 오랜 연인과 이별을 한 친구가 왔다. 이전에 이별 소식을 전해 듣고 전화 통화를 하는 중 제주도에 와서 힐링하고 가라고 했던 말이 현실이 됐다. 처음에는 사실 조금 걱정이 됐다. 너무 우울한 여행이 되지 않을까? 나는 오래 사귀다 헤어진 친구들을 위로해주는데 서툴다. 내가 그렇게 긴 연애를 경험해 보지 못했기 때문에 이별한 사람의 아픔의 깊이를 헤아릴 수 없기 때문이다.

예전에는 이렇게 이별한 친구에게 항상 "힘내.", "더 괜찮은 사람이 나타날 거야." 같은 피상적인 위로의 말만 건네었던 것 같다. 하지만 어떤 책에서 보았던 '깊은 상처가 있을 법한 사람에게 "힘 좀 내!" 같은 섣부른 말은 위로가 아닌 강요가 될 수 있다.'라는 문구가 떠올랐고 이번 여행에서 나는 "힘내!"라는 말을 하지 않기로 했다. 나만 믿고 멀리 비행기를 타고 제주까지 온 이 친구에게 조금이나마 도움이 되고 싶었고 진심으로 공감해주고 싶었다. 그래서 나는 친구의 감정을 찬찬히 느껴보기로 했다.

친구의 첫 모습은 생각과 다르게 너무 활발했다. '오랜 연인과의 이별은 개운함이 있을 수도 있겠구나.'라는 생각이 들었다. 저녁까지 친구는 이별했다는 게 믿기지 않을 정도로 즐겁게 돌아다녔다. 저녁으로 맛있는 회에 소주도 한잔 마시고 나니 친구는 기분이 더 좋아진 것 같았다.

그날 밤 숙소는 친구에게 새로운 인연을 만나보라는 의미에서 조용한 파티가 있는 게스트하우스를 잡았다. 새로운 사람들과 만남은 숙소에 발을 딛자마자 우리를 두근대게 했다. 마치 대학교 MT를 가기 전 장을 보듯 우리는 들뜬 마음으로 편의점에서 사람들과 함께 먹을 소소한 다과 거리와 맥주를 샀다. 그리고 체크인을 한 뒤 간단히 짐을 정리하고 거실에서 모이는 작은 파티에 참석했다. 나는 구석 자리로 가려고 하는 친구를 잡아 사람들 속 자리로 들이밀었다.

하지만 막상 자리가 마련되니 "제주에서 새로운 인연을 만들 거야!"라고 호언장담하던 친구의 모습은 어디에도 없었다. 친구는 말이 많이 없었고 잔잔히 흘러나오는 노래를 들으며 생각에 잠긴 듯했다. 친구는 맥주를 한 잔 채 다 마시기도 전에 먼저 잔다며 방으로 들어갔다. 그때 나오던 노을의 '늦은 밤 너의 집 앞 골목길에서'라는 노래를 잊을 수가 없다. 오늘 처음 친구의 가장 슬픈 얼굴을 봤고 그 얼굴에서 이별에 대한 아픔의 깊이를 봤다.

다음 날 친구는 한라산을 오르고 싶어 했다. 신체적 힘듦으로 정신을 분산시키고 싶은 걸까? 하지만 나는 친구의 체력을 알기에 백록담을 갔다 오는 것보다는 조금 짧은 영실코스를 제안했다. 우리는 그렇게 같이 김밥을 사 들고 영실코스를 올라갔고 잊지 못할 추억을 만들었다. 이 추억의 김밥이 다가미 김밥이다. 산 정상에서 비닐장갑을 끼고 손으로 왕김밥을 먹었다. 살랑살랑 바람에 흔들리는 나무 소리, 따스한 햇볕과 함께 질질 흘려가며 먹은 김밥은 우리를 원시인으로 되돌려 주었다. 모든 근심 걱정이 사라지고 머릿속은 초록빛이 되었다. 기분 좋게 흘린 땀과 구름 한 점 없는 날씨, 완벽했다. 친구도 어젯밤보다 한결 개운해진 표정으로 산에서 내려와 마음이 놓였다. 하지만 돌아오는 차 안에서 꺼냈던 "이제 좀 괜찮아?"라는 말이 아직 조금은 이르지 않았나 뒤늦게 후회가 된다. 친구는 이후에 하루 더 여행하고 돌아갔다.

"좋은 감정 느끼게 해 줘서 고맙다. 친구야 이제는 너무 이르지 않겠지? 힘내!!! 더 좋은 사람 만날 거야!!!"

참맛나 김밥

이 김밥집은 내가 자주 가던 카페 옆에 있는 곳이다. 시내에서는 조금 떨어진 외곽에 있는 김밥집인데도 지나가면서 볼 때마다 항상 사람이 많아서 신기했다. 언제 한 번 가볼까 벼르고 있었는데 마침 제주도에 놀러 오는 친구가 밥을 먹기에 애매한 시간에 도착해서 가볍게 배를 채울 겸 가보게 되었다. 공항에서 차로 가까워서 제주도에 도착해서 간단히 먹을 첫 끼로 좋았다.

식사 시간이 아니었음에도 잠깐의 대기를 하고 들어가게 됐는데 다행히 앉을 자리가 있었다. 참고로 제주에 김밥집은 오는정과 다가미 김밥처럼 포장만 받고 앉는 자리는 없을 수 있으니 미리 알아보고 가야 한다. 메뉴에 국수류가 있었는데 포장을 했으면 불어서 먹기 힘들었을 텐데 다행이었다. 우리는 고기 김밥과 멸추 김밥, 어묵 국수, 열무 국수를 시켰다. 어묵 국수라는 메뉴는 이곳에서 처음 들어봤는데 이전엔 멸치국수였다가 어묵이 많이 들어가서 어묵 국수로 이름을 바꾸셨다고 한다.

고기 김밥은 김밥천국 같은 곳에서 먹던 불고기가 들어 있을 줄 알았는데 제육 느낌의 고기가 들어간 김밥이었다. 고기가 김밥의 절반을 차지할 정도로 정말 많이 들어있었다. 멸치 김밥은 고추장 멸치를 넣은 김밥이었는데 백반집에서 빨간 고추장 멸치 반찬을 보면 떠오르는 딱 그 맛이었다. 열무국수는 생각보다 평범했고 우리가 뽑은 최고의 메뉴는 어묵 국수였다. 국물이 포장마차에서 먹는 어묵 국물의 고급

버전이라고 할까? 조금 더 깊은 맛이면서 시원했다. 친구는 어묵 국수가 해장으로 딱일 것 같다고 했다.

김밥이 조금 짰는데 어묵 국수 국물이 균형을 잘 잡아주었다. 다음에 와도 어묵 국수를 꼭 시킬 거라면 친구와 서로 시키길 잘했다며 칭찬했다. 우리에게 여행 첫 시작 첫 끼를 좋은 기억으로 남겨준 고마운 김밥집이다.

김밥을 다 먹고 돌아가는 길에 인터넷을 검색하다 보니 이미 여행자들 사이에서 어느 정도 입소문이 난 집이라는 것을 알게 되었다. 식사 시간에 가면 대기를 해야 할 수 있으니 포장을 해서 먹는 거라면 미리 전화 예약을 하는 것을 추천하고 싶다.

오는정김밥

드디어 먹게 된 오는정김밥. 이 김밥집은 인터넷에 엄청난 후기들이 가득하다. 많은 글은 대부분 '김밥만 예약하다 제주 여행 끝났다.', '전화 200통 만에 간신히 예약했다.', '아침에 예약해서 저녁에 먹었다.'는 것과 같이 먹기 힘들다는 후기와 '처음 먹어보는 식감이었다.', '김밥 먹으러 제주도 매달 와요.', '여행 내내 김밥만 먹다가 갑니다.' 같이 맛있다는 후기들로 나뉘었다. 이러한 내용은 과장된 것 같았는데 얼마나 예약하기 힘들고 맛있으면 이런 표현을 썼을까 궁금해서 직접 경험해 보고 싶었다.

일단 먹기 힘들다는 후기는 정확했다. 오히려 과소평가된 느낌이었다. 친구와 전화를 500통 넘게 했는데 계속 통화 중이라 전화 예약을 할 수 없었다. 하지만 우리는 포기하지 않았다. 숙소가 서귀포여서 오전에 매장에 들러 방문 예약을 했다. 오전 10시쯤 가서 대기 명단에 이름을 적고 김밥은 저녁때 받을 수 있었다. 후기 그대로 아침에 예약해서 저녁에 먹은 것이다. 제주도에서 '백종원의 골목식당'이라는 프로그램에 나왔던 '연돈'이라는 돈가스집을 제외하면 가장 먹기 힘든 음식인 것 같다.

김밥집 안에 먹을 자리가 없었기 때문에 우리는 힘들게 얻은 김밥을 들고 두근두근 기대하며 근처에 먹을 장소를 찾아봤다. 다행히 김밥집에서 차로 5분 거리에 바다가 보이는 해변 공원이 있었다.

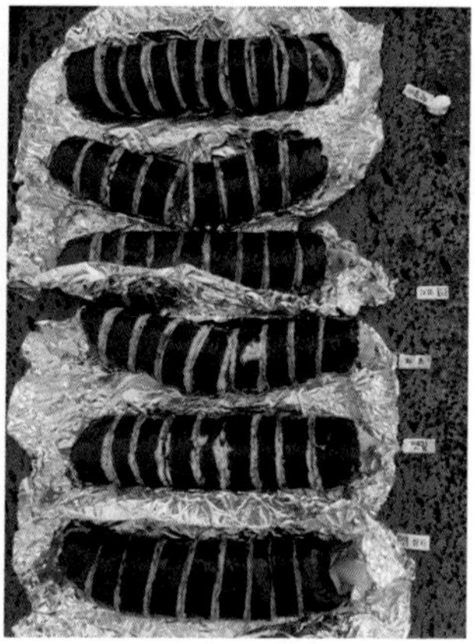

드디어 대망의 김밥 시식! 우리의 첫마디는 "오호"였다. 처음 먹어보는 맛이었다. 생긴 건 다른 김밥과 다르지 않은데 김밥의 맛을 이렇게 변화시킬 수 있다는 거에 놀랐다. 김밥에 단맛, 짠맛, 고소한 맛이 강렬하면서 각각 다 느껴졌다. 거기에 감칠맛도 강하고 식감도 좋아서 배부를 때 먹어도 두 줄은 거뜬히 먹을 수 있을 것 같았다. 확실하진 않지만, 밥 사이에 튀김 유부 같은 것이 식감과 고소한 맛의 비결인 것 같았다. 사실 가게가 엄청 바빠서 대충 만들 것 같은 걱정도 있었다. 하지만 햄도 구워서 넣어 정성이 느껴졌고 터진 것도 없이 재료도 오밀조밀 잘 들어가 있어서 감동했다. 역시 잘되는 곳은 이유가 있구나라고 생각했다. 우리는 오는정김밥, 치즈, 떡갈비, 참치, 깻잎, 멸치 모든 종류 김밥을 1줄씩 다 사서 둘이서 6줄을 다 먹었다.

김밥을 다 먹고 우리만의 미식 토론에서 여기 김밥만의 특별한 맛을 느끼기에는 기본 김밥(오는정김밥)이 가장 나은 것 같다는 결론을 내렸다. 다른 김밥은 추가된 재료의 강한 맛 때문에 오히려 조금 평범해진 것 같았다. 가격도 기본 김밥이 3,000원, 가장 비싼 떡갈비 같은 김밥도 4,500원으로 적당했다. 대기가 없고 집 근처에 있었으면 왠지 자주 사 먹을 것 같았다. 김밥을 먹으러 제주까지 올 정도는 아니지만, 제주도 여행을 온다면 한 번은 먹어봐도 나쁘지 않을 것 같았다. 힘들게 예약했던 과정들도 이제는 재밌는 추억으로 남았다. 지금도 그 친구와 여행 이야기를 하다 보면 "김밥 한 줄 먹으려고 별 지*을 다 했네."라고 웃으며 이야기한다.

다정이네 김밥

설날에 친척들과 가족들이 제주도에 왔다. 여행 일정의 막바지에 서귀포를 돌아보는 여정을 끝내고 해가 질 무렵 비가 오기 시작했다. 다들 지친 상태에서 간단히 먹을 것을 사서 숙소에 가자고 했다. 이때 가장 먼저 떠오르는 게 김밥이었다. 마침 서귀포 근처여서 유명한 오는정김밥이 떠올랐다. 그때는 오는정김밥의 예약 악명에 대해 몰랐을 때라 무작정 갔었다. 역시나 먹지 못했다. 근처에 다른 김밥집을 검색해보니 다정이네라는 김밥집이 나왔다. 비도 오고 늦은 저녁이라 그런지 기다림 없이 바로 살 수 있었다. 이후에 알았지만, 여기가 서귀포 2대 김밥집이라고 해서 평소에는 대기하는 경우가 많다고 한다.

여러 종류를 샀었지만 기억에 남는 건 기본 김밥인 다정이 김밥이다. 여기는 김밥의 절반이 계란일 정도로 계란을 많이 넣는 것이 시그니처인데 나는 초밥집에 가면 계란 초밥을 추가로 시켜 먹을 정도로 계란을 좋아해서 여기 김밥이 취향 저격이었다. 김밥에 재료가 꽉꽉 들어가 있어서 배도 금방 찼고 맛이 자극적이지 않아서 마치 소풍 갈 때 아침 일찍 엄마가 싸주셨던 김밥 같았다.

학교가 끝나고 밥을 못 먹고 급하게 학원을 갈 때, 김밥 두 줄을 사서 공원 벤치에서 친구와 나눠 먹고 싶은, 그런 김밥이다.

최고의 돈가스를 찾아서

돈가스의 원형은 오스트리아의 슈니첼이라는 돼지고기 튀김 요리라고 한다. 서양에서 시작한 돼지고기 튀김 요리는 일본을 거쳐서 우리나라로 들어오게 되었다. 본격적으로 우리나라에 돈가스를 파는 식당이 늘어난 것은 1960년대로 여겨지는데 그때 돈가스를 파는 식당이 주로 경양식집이었기 때문에 여기서 '경양식 돈가스'라는 말이 탄생하게 되었다고 한다. 고기를 얇게 두드려 편 경양식 돈가스는 기름도 덜 쓰고 조리 시간도 짧아 만들기 용이했다. 또한, 큰 접시를 가득 채워 푸짐해 보이기까지 해서 보기만 해도 기분이 좋아지는 음식으로 아이들 생일파티의 단골 메뉴였다고 한다. 돈가스는 치즈를 넣기도 하고 더 두껍게 만들어 육즙을 느낄 수 있게 하는 것과 같은 변화를 거듭했고 대중 요리의 한 획을 긋게 되었다.

고기 부위에 따라 튀기는 방식과 맛이 달라지고 튀김가루의 비율이나 고기의 준비과정 또한 식감과 맛에 중요한 역할을 한다. 게다가 곁들여 먹는 소스와 소금에 대한 세심함은 돈가스 맛의 폭을 넓힌다. TV의 한 프로그램에서 어떤 유명한 돈가스집은 다음날 판매할 100장의 돈가스를 위해 6시간의 준비 시간이 걸린다는 것을 본 적이 있다. 이 정도면 돈가스도 특별한 요리라고 생각되지 않는가?

돈가스는 내 최애(가장 사랑함) 음식이다. 서울에서 자취할 때 혼자든 친구와 함께이든 1주일에 한 번씩은 꼭 먹었던 것 같다. 누군가가 나에게 뭔가 대접해주려고 할 때 "뭐 먹고 싶어?"라는 질문에 가장 먼저 생각나는 내 최애 메뉴 돈가스. 인터넷 어떤 설문조사에서 남자들의 호불호가 가장 적은 음식이 돈가스, 여자는 떡볶이라는 것을 봤었다. 그만큼 대중적이고 사랑받는 음식 돈가스. 나는 제주도에서 최고의 돈가스를 찾아보기 위해 돌아다녔었다.

보통 사람들은 제주도에 오면 흑돼지, 회, 해물탕, 갈치구이 이러한 음식을 가장 먼저 떠올린다. 하지만 제주도에 또 하나의 떠오르는 음식이 있다. 바로 돈가스! 제주도에는 특별한 돈가스집이 많고 이것도 차츰 유명세를 얻고 있는 것 같다. 특히 '골목식당'이라는 프로그램에서 핫이슈였던 '연돈'이라는 집이 제주도로 이사를 오게 되면서 제주도 = 돈가스라는 생각을 더 확대한 것 같다.

가깝지만 먼 당신 연돈

제주도의 돈가스 사랑은 시내의 돈가스집에서도 느낄 수 있다. 프랜차이즈 basak(바삭)돈가스는 제주도에만 7개 매장이 있다. 한 지역에 돈가스집 프랜차이즈가 7개나 된다는 건 그만큼 제주도가 돈가스를 사랑한다는 말이지 않을까? 이외에 카도돈카츠라는 가게도 입소문으로 본점 이외에 지점이 2개나 더 생긴 인기 가게이다. 이러한 프랜차이즈 가게는 대중성 때문에 맛은 평범한 편이지만, 흑돼지를 사용하고 제주 시내 곳곳에 있다는 점에서 돈가스가 갑자기 생각날 때 가볍게 들르기 좋다.

글을 정리하면서 제주도 돈가스 여행 중 먹었던 많은 돈가스를 떠올려보았다. 그중에 가장 먼저 생각났던 장소 5곳을 기록해보았다. 시간이 많이 지났기에 그곳의 맛이 생생하게 기억이 난다고 할 순 없지만, 가장 먼저 떠오를 만큼 분위기도 좋았고 맛도 괜찮았던 것은 확실하다.

촵촵

이 가게는 돈가스 투어 중에 몇 안 되는 시내에 있던 가게 중 하나인데 퇴근하고 먹으러 가기도 좋아서 발길이 자주 갔다. 식당은 아파트 단지 상가 골목에 아담한 크기로 위치하고 있다. 평범하지만 항상 갈 때마다 사람은 가득 차 있었고 교복을 입은 학생들도 자주 보였다. 만약에 나도 학교에 다닐 때 근처에 이런 가게가 있었으면 점심 급식 메뉴에 실망한 날에는 친구들과 돈가스를 먹으러 왔을 것 같다.

촵촵은 여러 돈가스집 중에 튀김이 가장 바삭했다. 마치 신선한 기름에 갓 튀겨 낸 프라이드치킨 같았다. 메뉴에는 돈가스 이외에 치킨가스도 있는데 야식이 생각나는 출출한 저녁에 치킨 대용으로 포장해 먹어도 좋을 것 같다. 돈가스를 먹으며 맥주를 생각한 적이 한 번도 없었는데 고소하고 바삭한 돈가스에 시원한 맥주 한잔이 생각났다. 이 기술을 배워서 치킨집을 하면 대박이 나지 않을까? 마음속으로 조용히 생각해보았다.

데미안

데미안은 서쪽의 작은 마을 어딘가, 외진 곳에 있어 돈가스를 먹으러 가지 않으면 이 근처를 지나갈 일이 거의 없을 것이다. 이곳은 점심 영업밖에 하지 않기 때문에 시간을 잘 맞춰 가야 한다. 그리고 좌석이 적고 공간이 좁아 대화하며 여유 있게 식사하는 곳으로는 맞지 않을 것 같았다.

나는 친구와 잠깐의 대기 후 자리에 앉아 속닥속닥 식당의 불편함에 대해 투덜대다가 메뉴판을 보고 기분이 좋아졌다. 메뉴가 돈가스 정식 1가지밖에 없어 '치즈를 먹을까? 기본을 먹을까?' 같은 고민을 하지 않을 수 있었기 때문이다. 그리고 한가지 메뉴라는 점에서 뭔가 더 전문적인 느낌이 들어 기대가 커졌다. 식전에 전복죽이 나왔는데 들뜬 배를 차분하게 가라앉혀 주었다.

여기 돈가스는 정말 기본에 충실한 돈가스였다. 플레이팅부터 보면 사이드는 집 앞 분식집에서 간단하게 먹던 돈가스와 비슷하다. 하지만 돈가스를 한입 먹으면 간소한 사이드를 끄덕끄덕 이해하게 된다. 바삭한 튀김에 두툼한 고기를 품은 돈가스는 돈가스 하면 가장 먼저 떠오르는 원초적인 맛이었다. 경양식도 두꺼운 퓨전식 돈가스도 아니지만, 그 중간에서 새로운 기본을 만들어 낸 것 같았다. 꼭 얇은 경양식 돈가스가 아니어도 클래식한 향수를 느낄 수 있다는 것을 이곳에서 알게 되었다.

거기다 대식가들에게 희소식이 있는데 이 퀄리티 돈가스를 무한리필로 해준다는 것이다. 뷔페처럼 튀겨서 준비해놓은 것이 아니라서 리필 주문을 하면 시간이 걸리지만, 추가 비용 없이 더 먹을 수 있다. 보통 뷔페에서 어떤 음식을 배불리 먹으면 한 달 정도는 그 음식이 생각나지 않을 정도로 물리는데 이곳의 돈가스는 많이 먹었음에도 저녁에 배가 고파질 때쯤 '더 먹을걸!' 생각이 났다.

게스트하우스에서 만났던 한 손님은 연돈과 이곳의 돈가스를 모두 먹어보고 데미안 돈가스가 본인의 입맛에 더 잘 맞았다고 하기도 했다. 돈가스 덕후인 친구와 제주도에 온다면 꼭 한번 다시 와보고 싶은 곳으로 유튜브 먹방 BJ들에게 소문이 나지 않아 이 가게가 오랫동안 유지됐으면 한다.

서촌제

돈가스 투어 중에 바다를 보며 돈가스를 먹을 수 있는 곳이 있었는데 바로 '서촌제'라는 돈가스집이다. 이곳은 특이한 소스로 유명해졌는데 돈가스 소스로 두부를 사용한다고 한다.

신기한 레시피와 비주얼로 TV 출연도 많이 했었고 예전에는 유명 TV 프로그램 '먹거리 X파일'에서 착한 식당으로 선정하려고 했지만 멀리서 찾아오는 손님들에게 소홀하게 될까 봐 방송을 거절한 뚝심 있는 집이라고 한다. 그 이후 2호점도 생기고 시간이 많이 지나 '맛이 변했다.'라는 후기들도 보였지만 나는 그래도 흔히 볼 수 없는 두부 소스의 색다른 맛을 경험해보고 싶어 방문하게 되었다.

사실 맛은 사진을 보면 딱 상상이 되는 맛이었다. 평소에 많이 먹어본 갈색 돈가스 소스에 두부의 고소함이 추가된 느낌? 거기서 조금 더 고급스럽고 건강한 맛이었다. 그런데도 이곳이 생각난 이유는 분위기 때문인 것 같다. 2호점인 김녕점을 방문하였는데 내가 갔던 제주도 돈가스집 중에서 가장 크고 경치가 좋았다. 이전에 방문했던 돈가스집이 바로 앞에서 돈가스를 튀기는 모습을 보며 식사를 해야 할 만큼 너무 좁아서인가? 쾌적한 공간이 인상 깊게 남았다. 아버지가 식당이 어디 TV 프로그램에 나왔다고 하면 관심을 가지시는데 가족들과 함께 제주도를 오면 다시 가볼 곳으로 저장해 놓았다.

연월

연돈의 형제인가? 연월 돈가스는 애월의 조용한 마을 안에 있는 돈가스집으로 게스트하우스 사장님의 추천으로 알게 되었다. 새소리가 들리는 산등성이에 돈가스집이 있는데 고요한 공기와 멀리 떨어진 좌석 간의 거리로 혼자 갔음에도 어색하지 않았던 분위기가 기억에 남는다. 대기도 없었고 한 가지 메뉴에서 치즈와 일반 돈가스를 모두 맛볼 수 있다는 점에서 혼자 가기 가장 좋았던 식당이 아니었나 싶다.

음식에서 가장 먼저 눈에 띈 것은 돈가스로 만든 치즈 바구니였다. 돈가스 바구니 안에 치즈를 담아 뒀는데 돈가스를 찍으면 탱글탱글한 치즈가 입까지 늘어났다. 치즈를 돈가스 위에 뿌리거나 사이에 넣지 않아서 부먹파와 찍먹파 모두를 배려한 마음이 느껴졌다. 양도 둘이 먹어도 될 만큼 푸짐해서 '연월 돈가스-16,000원'이라는 가격이 아깝지 않았다.

그러고 싶지 않지만, 다음에 혹시라도 혼자 제주도를 왔을 때 이곳이 너무 유명해지지 않았다면 다시 들러보려고 한다. 그때도 혼밥의 쓸쓸함을 함께 보듬어 줄 혼자 와서 먹는 손님들이 많았으면 좋겠다.

묘한식당

돈가스 투어 중에 유일하게 돈가스 전문점이 아닌 곳에 돈가스를 먹으러 간 적이 있다. 제주로 온 지 얼마 안 됐을 때, 육지에 미련이 남아 거의 매주 비행기를 탔었다. 한 번은 서울에서 친구들을 만나 돼지고기에 와인을 파는 친구의 단골 고깃집을 갔다.

사장님은 정말 친절하게도 와인에 대해 설명도 해주시고 고기도 직접 구워주셨다. 자연스러운 대화 중에 내가 제주도에서 왔다는 말을 듣고 사장님께서 "제주도에 내 친구가 양식집을 하는데 거기 맛있는데 꼭 가보세요."라고 하셨다. 뭔가 친절하고 맛있는 가게 사장님이 추천해주신 곳이라 그런지 믿음이 갔다. 바로 메모장에 꼭 가야 할 곳이라고 적어두었다. 제주에 와서 찾아가려고 보니 위치가 애매해서 언제 가지 언제 가지 생각만 하고 있다가 깜빡 잊고 있었다.

반년이 넘게 지나서야 우연히 메모장을 보고 문뜩 생각이나 시간을 내 찾아가 보게 되었다. 묘한식당은 에그인헬, 감바스, 각종 파스타와 돈가스를 파는 양식집이다. 식당은 작은 빌라 단지 상가에 있었고 외관과 내부는 정말 평범했다. 하지만 맛은 평범하지 않았다. 혼자 가서 돈가스밖에 먹어보지 못했지만, 돈가스가 돈가스 전문점 못지않게 맛있었다. 특히 사이드 메뉴였던 감자의 맛을 잊을 수가 없다. 다른 메뉴도 먹어보고 싶었지만 혼자 먹기엔 양이 많을 것 같아 주문하지 못했다. 유독 혼자라는 게 더 서글퍼진 날이었다.

내가 이렇게 다양한 돈가스집에 갔다는 것을 사진을 정리하며 새삼 느꼈다. 생각해보니 가게가 시내에서 멀리 떨어져 있어서 오직 돈가스를 먹기 위해 왕복 약 70km를 차를 타고 나간 적도 있었다. 이제는 돈가스에 미련이 없어서 그런지 몰라도 지금 생각하면 다시는 못 할 짓이다. 이렇게 사진을 모아 두고 본 것은 처음인데 모든 돈가스집이 모양부터 구성까지 각각 개성이 있다. 그리고 투툼한 고기와 노릇한 튀김은 보기만 해도 배가 고프게 한다. 돈가스 사진 액자를 만들어볼까?

나는 이번에 돈가스 여행을 하면서 백종원 선생님을 존경하게 되었다. 음식의 맛을 연구하기 위해 같은 요리를 하루에 두세 번 먹기도 하고 새로운 음식을 맛보기 위해 멀리 비행기를 타는 것도 마다하지 않는다는 것이 결코 쉬운 일이 아니라는 것을 알았다. 나만의 제주도 최고의 돈가스집을 찾기 위해 쉬는 날에는 점심, 저녁 하루 두 끼를 돈가스로 채우기도 하고 돈가스를 위해 한라산을 넘는 장거리 운전을 하기도 했다. 약 3달간 수많은 돈가스집을 갔었고 맛집 투어가 끝난 후에는 몇 달간 돈가스는 물론 튀김 요리가 먹고 싶다는 생각이 나지 않았다.

생각보다 비용도 많이 들었는데 이번 여행에서만큼은 돈가스가 결코 저렴한 음식이 아니었다. 옥수수 콘과 양상추샐러드 그리고 달짝지근한 갈색 돈가스 소스에 찍어 먹던 집 앞에서 흔히 먹을 수 있는 그런 돈가스를 생각하면 안 된다. 메뉴당 보통 15,000원 정도를 생각해야 하고 비싼 곳은 한 접시에 20,000원 정도 하는 곳도 있었다. 사실 방문한 많은 가게 중에 이러한 가격이 이해되지 않거나 괜히 왔다는 생각이 들 만큼 나의 입맛에 맞지 않았던 집도 있었다. 하지만 입맛은 정말 주관적이기에 '맛있다', '맛없다'라는 단어를 쓰기에는 조심스러웠다. 이번 돈가스 여행은 내 인생 처음으로 음식을 맛보기 위해 잦은 장거리 이동을 했고 느낀 점도 많았다.

사진: SBS 백종원의 골목식당

여행자를 슬프게 하는
그 말 재료소진

고사성어 중에 '삼고초려'라는 말이 있다. 삼국지에서 유비가 제갈량의 마음을 얻기 위해 세 번이나 찾아갔다는 말에서 유래했다고 한다. 나도 돈가스의 마음을 얻기 위해 '삼고초려'한 적이 있었다. 지도검색만으로 첫 번째 찾아간 날은 휴무일, 휴무일을 꼼꼼히 확인하고 두 번째 찾아간 날은 재료 소진, 세 번째 찾아간 날 드디어 돈가스를 먹어볼 수 있었다. 두 번째 찾아갔을 때 '재료 소진'이라는 말이 내 기대를 더 자극했고 '얼마나 맛있으면 이렇게 마감이 빨리 될까? 다음엔 더 일찍 와서 꼭 먹어야지.'라는 오기를 생기게 했다. 하지만 세 번 만에 힘들게 찾아가 내가 얻은 것은 유능한 군사였던 제갈량이 아닌 몸이 성하지 않은 병사에 불과했었다. '이런 곳의 재료가 마감된다고?'라는 생각이 들었고 재료 마감이 사실일까 하는 의문이 들 정도였다.

대학생 시절 식당에서 아르바이트한 적이 있었는데 가게 앞 입간판의 앞면은 'OPEN'이라는 글자와 영업시간, 뒷면은 'CLOSE'와 재료 소진이라는 글자가 쓰여 있었다. 마감하고 퇴근을 할 때 입간판을 뒤로 돌려두고 퇴근을 하는데 그러면 정상적으로 영업을 끝내고 문을 닫을 때도 '재료 소진'이라는 글자가 지나가는 사람들에게 보이게 되어 있었다. 사장님이 개인적인 사정으로 일찍 퇴근할 때도 문을 닫으면 '재료 소진'이라는 글자가 보이게 된다. 지금 생각해보면 지나가는 사람들은 '이 식당이 인기가 많아서 재료가 떨어져 일찍 문을 닫았구나.'라고 생각했을 것 같다.

이런 나쁜 옛날 생각이 돈가스 여행을 하며 떠올랐다. '예약 마감, 대기 마감, 재료 소진' 이런 말들은 사람의 마음을 흔든다. '여기 그렇게 맛있나? 나도 가봐야겠다.' 혹은 첫 도전에 실패한다면 '다음엔 꼭 일찍 와서 먹어봐야지.' 같은 생각을 하게 한다. 제주도에는 유독 이러한 유혹이 많은 것 같다. 섬 특성으로 재료를 공수하기 힘들기도 하고 외진 곳에 있어 방문자 수가 들쭉날쭉해서 인원수를 정확히 예측해 재료를 준비하지 못하는 경우도 있을 것이다. 하지만 비행기를 타고 멀리서 온 손님이 가게를 찾아갔다가 '재료 소진'이라는 푯말을 보면 기운이 빠지는 것은 어쩔 수 없다. 오전 11시 30분에 오픈하는 가게가 오후 2시에 재료가 소진된다면 조금 더 재료를 준비해놨을 수 있지 않을까? 준비한 재료만큼 예약금을 받고 예약제로 운영을 하는 것과 같은 방법을 도입해서라도 멀리서 온 손님에 대한 조금의 배려가 있었으면 했다. '예약 마감, 재료 소진' 같은 말들을 사장님의 편의를 위해서나 가벼운 홍보 수단으로 쓰지 않았으면 한다.

그리고 제주도는 관광지도 띄엄띄엄 있고 작은 동네들이 많아서 '이런 곳에 식당이 있다고?'라는 생각이 들 정도로 외진 곳에 음식점이 있는 경우가 있다. 보통 이런 곳들은 점심 영업만 하는 등 영업시간도 짧다. 사람들은 이런 곳을 보면 '맛에 얼마나 자신 있으면 이런 곳에 식당을 차렸을까?'라고 생각하게 된다. 하지만 이러한 식당도 주의해서 잘 찾아가야 한다. 단지 땅값이 싸서 차렸거나 한 시즌 관광객만을 노리고 감성으로 포장해서 가게를 오픈한 경우도 있다. 영업시간이 짧거나 외진 곳에 있어서 맛집은 아니라는 것을 꼭 기억했으면 한다.

참고로 제주 시내에서 벗어난 지역에 있는 식당들은 불규칙한 휴무일이 많기 때문에 가기 전에 가게의 SNS나 전화로 문을 열었는지 확인하는 것이 필수이다.

번외 - 돈가스집을 찾다가 생선가스에 눈을 뜨다.

사실 최고의 돈가스집을 찾으러 다녔지만 가장 기억에 남는 곳은 단연코 '서황'의 생선가스이다. 이곳은 '효리네 민박'이라는 TV 프로그램에서 이효리가 애월에 살 때 자주 가던 단골 돈가스집으로 나왔던 곳이다.

처음엔 돈가스를 먹으려고 방문을 했는데 돈가스가 아닌 생선가스의 매력에 빠져버렸다. 나는 학창 시절 급식 때 나온 생선가스 이후로 생선가스를 먹어본 기억이 없다. 특히나 돈을 주고 사 먹은 기억은 더더욱 없다. 그런데 여기 생선가스는 나의 편견과 이전의 생선가스에 대한 생각을 바꿔주었다.

사진: JTBC 효리네 민박

제주도에 유명한 TV 프로그램에 나왔던 가게들을 몇 번 가봤지만 실망한 경우가 많았다. 하지만 여기는 조금 달랐다. 두툼한 생선살과 씹었을 때 나오는 고소한 기름, 바삭한 튀김과 부드러운 생선의 식감은 잊을 수가 없다. 이곳은 제주에 와서 가장 먼저 찾아갔던 돈가스집이고 돈가스 투어가 끝나갈 무렵 마지막으로 들렀던 돈가스집이다. 나의 제주 돈가스 여행의 처음과 끝을 함께 한 돈가스집이 바로 여기이다. 돈가스는 다른 곳에 비해 특별하진 않았지만, 생선가스의 맛은 내 제주도 기억 가장 깊숙한 곳에 자리 잡았다. 여기서 생선가스의 매력에 빠지게 돼서 다른 생선가스를 파는 곳을 찾다가 새로운 피시 앤 칩스 가게도 발견하게 되었다.

'카페 태희'는 곽지해수욕장 바로 옆에 있는 아주 작은 가게이다. '서황'은 보통 대기도 해야 하고 시간을 맞추기도 힘들지만 '카페 태희'는 영업시간이 길고 순환도 빨라서 대기 없이 편하게 생선가스를 먹을 수 있다. 거기다 바로 앞이 해변이기 때문에 테이크아웃을 해서 모래 해변에 앉아 맥주와 함께 바다를 보며 먹으면 정말 좋을 것 같았다. 내가 간 날에는 아쉽게 비가 내려서 실내에서 먹었지만 구름 낀 하늘과 추적추적 내리는 비는 예전 영국 여행을 갔을 때를 떠올리게 해 줬다.

예전 유럽 여행 기억을 떠올려보면 영국은 하루에도 두세 번 날씨가 바뀌었는데 한 번은 꼭 흐린 시간이 있었던 것 같다. 그때도 이렇게 흐린 날에 피시 앤 칩스를 먹겠다고 혼자 골목골목 돌아다니다가 작은 식당에 갔던 기억이 있다. 그때는 영국의 대표 음식이라고 해서 자의 반 타의 반 찾아가서 먹었었는데 기억이 잘 안 나는 걸 보니 맛있게 먹은 것은 아닌 것 같다. 그랬던 내가 생선가스를 사 먹다니! 나이가 들면 정말 입맛이 변하나 보다.

이곳에는 양념이 된 블랙 피시 앤 칩스와 양념이 되지 않은 일반 피시 앤 칩스가 있었는데 나는 시그니처라고 되어 있는 일반 피시 앤 칩스를 시켰다. 음식은 10분 정도 만에 금방 나왔다. 기름종이와 그 위에 감자와 튀김을 쌓아둔 투박한 플레이팅이 피시 앤 칩스라는 이름과 잘 어울렸다. 첫입이 정말 맛있었다. 바삭한 튀김과 부드러운 생선살이 깨끗한 기름과 좋은 재료를 썼다는 것을 느끼게 해 주었다. 밥을 먹은 지 2시간도 채 지나지 않았는데 한 접시를 금방 비웠다.

대구를 사용해서 요리하신다는데 살이 되게 두껍고 부드러웠다. 조금 아쉬운 점은 대구는 학교나 직장에서 급식 메뉴로도 쉽게 접할 수 있는 생선이라 대부분 사람들이 이 맛에 익숙할 것이다. 생선의 신선함과 튀긴 것의 부드러움과 고소한 맛은 따라갈 수 없겠지만 근본적인 맛은 대구탕 안에 든 대구와 비슷하다고 생각됐기 때문에 먹다 보면 질릴 수도 있을 것 같았다. 다양한 생선이 있었으면 더 좋았겠지만, 곽지해변 앞에서 입과 눈을 즐겁게 하는 데는 부족함이 없었다. 가볍게 생선튀김이 맛보고 싶을 때는 카페 태희를 추천하고 싶다.

영국 갬성

002

맛집에 대하여

도민 맛집(?)

제주도에 대한 글을 쓰면서 제주에서 유명한 흑돼지, 갈치, 고기 국수, 보말칼국수 같은 음식을 소개하지 않는다는 것이 계속 마음속 짐으로 남아 있었다. 나는 여행에서 가장 중요한 부분 중의 하나가 맛있는 것을 먹는 식문화라고 생각하기 때문이다.

제주도 여행을 준비하는 친구들에게 가장 많이 듣는 말이 있다. "제주도민은 뭘 먹고 사냐?", "관광지 맛집 말고 현지인 맛집 추천해줘!". 제주에 온 지 얼마 안 된 병아리 시절에는 블로그나 SNS에 '도민 맛집'이라고 검색을 해서 친구들에게 식당을 알려 준 적이 있었다. 그때 친구들에게 가보지도 않은 곳을 추천한다는 게 너무 미안했다. 더 슬픈 것은 그곳을 다녀온 친구들에게 "여기 진짜 맛집 맞는 거지?"라고 연락을 받은 경우가 많았다는 것이다. 지금에서야 인터넷에 '도민 맛집'이라는 것은 하나의 광고 키워드일 뿐이라는 것을 알게 되었다.

나는 그동안 제주도에서 지내며 수백 곳의 식당을 방문했던 것 같다. 제주도에 산 지는 1년하고 반 정도밖에 되지 않아 도민이라고 말하긴 부끄럽지만, 그래도 이제는 집 주변 단골집도 생기고 도민이 가는 식당과 관광객들이 가는 식당은 어느 정도 구별할 수 있게 되었다. 여전히 제주도 생활에서는 병아리일 뿐이지만 머리도 조금 컸겠다 이참에 주변의 도민들에게도 물어보고 내가 가던 식당들을 종합해서 현지인 맛집 리스트를 만들어 보기로 했다.

맛집 리스트를 만들며 도민들과 이야기하면서 새로운 것들을 많이 알게 되었다. 가장 충격을 받았던 것은 도민들은 전복을 거의 먹지 않는다는 것이었다. TV에서 해녀들이 전복을 따는 모습을 많이 봐서 그런가? 나도 그랬고 제주에 오는 여행자들은 제주 해녀를 생각하고 전복돌솥밥이나 전복구이 같은 전복요리를 많이 찾는다. 하지만 도민들은 전복요리를 횟집에서 회를 먹지 못하는 사람을 위한 대체재 정도로 생각할 뿐이었다. 전복은 제주에 많이 나는 해산물이 아니라서 해녀가 딴 희귀하고 비싼 자연산 전복을 제외하고 제주에서 먹는 전복 대부분은 완도 양식장에서 사 온다고 한다. 바다가 온 천지라 전복이 넘쳐날 것으로 생각했던 내 생각은 오산이었다.

그래도 맛있는 전복돌솥밥

해물 라면과 해물탕도 도민들이 굳이 밖에서 사 먹지 않는 요리이다. 해물 라면과 해물탕의 주재료인 조개류나 갑각류는 육지에서 가져오는 것들이 많은데 좋은 해산물이 많은 제주에서 굳이 육지에서 가져오는 것을 먹을 필요가 없다나 뭐라나. 먹더라도 직접 신선한 재료를 사서 집에서 만들어 먹는 것이 대부분이라고 한다. 이처럼 섬나라인 제주는 질 좋은 해산물이 많이 나서 그런지 신선한 토종 해산물에 대한 자부심도 있는 것 같았다.

해산물 중에서도 제주 갈치는 전국 어업 생산량의 절반을 차지할 정도로 많이 잡히고 질도 좋다고 한다. 도민들도 갈치구이를 자주 먹는데 밖에서 사 먹을 때는 주로 갈치조림으로 백반집에서 저렴하게 먹고 통 갈치 집은 가격이 비싸서 육지에서 손님이 오는 것과 같은 특별한 날에만 주로 간다고 했다. 또 횟집에 가면 신선한 갈치 회를 애피타이저로 내주기도 하는데 육지에서 구이로만 먹던 갈치를 회로 먹어보니 색달랐다.

회를 사랑하는 사람들도 정말 많아서 날이 선선할 때는 시장에서 직접 횟감을 보고 회를 떠먹고 머리와 뼈 등 남은 재료들을 집에 싸가서 매운탕을 끓여 먹기도 한다. 그래서일까 제주 시내에는 치킨집만큼 횟집이 많아 치맥(치킨에 맥주)보다 회쏘(회에 소주)에 더 익숙한 도민들도 많다.

그리고 신선한 고등어회는 제주도에서 맛볼 수 있는 특산물 중 하나이다. 고등어는 성질이 급해 물 밖으로 나오면 금세 죽어버린다.

다른 생선보다 부패의 진행도도 빠르고 신선도가 저하되기 쉬워 취급하기가 매우 까다로워서 바닷가 근처가 아니면 신선한 고등어회를 먹기가 힘들다고 한다.

나는 제주도에 와서 고등어회를 처음 먹어봤는데 고소하고 쫄깃한 매력에 빠져 첫해 겨울에는 매주 한 번씩은 고등어회를 먹으러 갈 정도였다. 찬 바람이 불어오기 시작하는 10월 중순부터 고등어회가 제철인데 제주도에서는 저렴한 가격에 신선한 고등어회를 마음껏 먹을 수 있다. 한 번은 육지에서 고등어회를 먹고 비린 맛에 좋지 않은 기억이 있던 친구가 왔었는데 내가 기어코 제주 고등어회를 먹고 가야 한다고 설득을 한 적이 있었다. 그날 고등어회를 맛본 이후로 이 친구는 제주도에 오면 고등어회를 꼭 먹고 간다고 한다. 참고로 제주도도 통영에서 들여온 양식 고등어회를 파는 곳이 많기 때문에 제주산 고등어회를 먹기 위해서는 발품을 팔아야 한다. 고등어구이는 노르웨이 등 수입산이 주이므로 고등어회와 근본은 같지만, 많이 다른 음식인 것 같다.

해산물 이외에 제주에서 가장 유명한 음식을 꼽으라면 단연코 흑돼지가 아닐까 싶다. 최근에 인터넷을 보다 보면 '제주 흑돼지는 마케팅이다.'라는 글을 많이 볼 수 있다. 이 말은 반은 맞고 반은 틀린 것 같다. 제주뿐만 아니라 지리산, 김천 등 육지에도 흑돼지를 사육하는 곳은 많다. 또한, 제주 토종 흑돼지는 개체 수가 부족하여 천연기념물로 지정이 되어 있어 우리가 제주에서 먹을 수 있는 흑돼지는 외국산 품종과 교잡을 통해 개량된 흑돼지이다.

종으로 보면 육지의 돼지와 큰 차별점을 가지지 않는 것 같지만 나는 제주 돼지만의 다른 큰 장점이 있다고 생각한다. 바로 짧은 유통단계이다. 제주도의 돼지고기는 섬 안에서 사육부터 가공까지 모두 이루어지기 때문에 고기가 신선할 수밖에 없는 것 같다. 그래서 그런지 흑돼지가 아니더라도 마트에서 사 먹는 일반 돼지고기나 식당의 백돼지도 육지보다 유독 맛있게 느껴졌다. 도민들은 고기를 먹을 때 흑돼지와 백돼지를 크게 따지지는 않는다고 한다. 재료가 신선하고 좋으면 기본 이상은 하는 것. 이것이 로컬푸드의 장점이 아닐까? 제주에서는 너무 큰 기대만 하지 않는다면 어딜 가서 먹어도 평균 이상의 돼지고기를 먹을 수 있다.

그밖에 고기 국수나 보말칼국수, 고사리 해장국 같은 음식은 간단하게 끼니를 때울 때 주로 먹는 것으로 굳이 멀리 찾아가서 먹는 음식은 아니지만, 집 근처에 단골 식당은 하나씩 있다고 한다. 마치 육지 사람들이 집 앞에 단골 국밥집이나 분식집이 하나 있듯 제주도민에게는 단골 고기 국숫집이 있다. 도민에게는 일상적인 음식이지만 육지에서는 보기 힘든 음식이기 때문에 제주에 오면 한 번쯤 먹어보는 것을 추천한다.

정갈한 백반

요즘 SNS에서는 예쁜 플레이팅과 감성 있는 인테리어로 비싼 가격을 받는 백반집들을 볼 수 있는데 이곳들은 대부분 여행자를 위한 장소라고 생각하면 된다. 백반이 만원이 넘는다...? 도민들은 분노한다. 시내에는 정식에 7,000~8,000원 하며 생선에 고기반찬까지 나오는, 기사식당같이 투박하지만 맛있는 백반집도 많다.

어느 날 현지인 맛집을 강력하게 고집한 한 친구가 제주도에 놀러 왔다. 나는 '드디어 현지인의 맛을 보여줄 때가 왔구나.' 생각하고 며칠 동안 애를 쓰며 만들었던 현지 맛집 리스트를 최대한 활용해 여행 계획을 짰다.

비행기에 내리자마자 시내 관공서 근처에 내가 쉬는 날 추리닝 차림으로 자주 가던 고기 국숫집을 데려갔다. 평일 점심시간에는 근처 회사원들이 와서 기다리기도 하지만 그날은 주말이어서 그런지 손님이 한 테이블밖에 없었다. 맛집이라고 했는데 손님이 너무 없어서일까? 나는 왠지 모르게 조금 머쓱했다. 조용한 가게에서는 은은하게 퍼지는 TV 소리와 가끔씩 주방 집기 부딪치는 소리만 들려올 뿐이었다.

하지만 친구는 이런 투박하고 허름한 느낌의 가게가 진짜 맛집이라며 잔뜩 기대했다. 국수가 나오고 나는 마치 요리경연대회에 내 요리를 출품한 것처럼 긴장이 됐다. 친구는 정말 대회 심사자라도 된 듯 국수의 냄새를 맡고 국물을 한 숟갈 떠먹어본 뒤에 몇 번을 쩝쩝거렸다. 그리고 젓가락으로 크게 국수를 집었는데, 친구가 면을 입에 넣자마자 나는 기다렸다는 듯이 "맛있지?"라며 연신 물었다. 친구는 맛있다고 했다. 역시 현지인 맛집은 맛없을 수가 없지 하며 어깨 뽕이 잔뜩 들어갔다. 힘들게 만든 맛집 리스트가 도움이 된 것 같아서 기분이 좋았다. 그렇게 만족스러운 첫 식사를 마치고 우리는 바다도 보고 오름을 걸으며 잠깐의 관광 시간을 가졌다.

날이 어두워질 때쯤 저녁을 먹기 위해 다시 시내로 들어왔다. 저녁은 여러 가지 반찬과 갈치조림이 나오는 곳으로 같이 일하는 도민분이 추천해주신 백반집이었다. 이 식당은 오래된 주택들 사이에 끼어 있었는데 시골 할머니 집에 가면 볼 수 있는 기사식당 느낌이 났다. 주말 저녁이라 그런지 이곳도 사람이 거의 없었다. 우리는 음식에 집중한 채 조용히 밥을 먹고 나왔다. 달콤 짭짜름한 갈치조림은 밥도둑이었고 반찬들도 정갈했다.

완벽한 여행코스에 스스로 만족하며 숙소로 가는 길에 마음속으로 짝짝짝 손뼉을 쳤다. 그런데 친구는 갑자기 내일은 본인이 인터넷에서 찾아온 식당에 가보자고 했다. 나는 아직 맛보여주고 싶은 식당 리스트가 한참 남았는데 왜!? 라는 생각이 들었고 친구에게 오늘 먹은 음식들이 별로였냐고 물어보았다. 친구는 정말 맛있었지만 “여행을 온 기분을 더 내고 싶다.”라고 했다. 여행의 기분...? 나는 이 말 한마디에 여행지 식당에 대해 다시 생각해보게 되었다.

관광지의 유명한 식당들은 엄청난 광고로 홍보가 잘되어있는 경우가 많다. 인플루언서들이 방문해 음식을 예쁘게 찍어서 SNS 올려놨다던가 TV 프로그램에서 맛집으로 소개되어 사진이나 영상으로 식당을 미리 접하는 경우도 있다. 식당에 들어가기 전부터 미리 찾았던 정보들로 ‘누가 여기를 왔다 갔네.’, ‘어떤 TV 프로그램에 나왔었네.’, ‘여기는 다른 데서 볼 수 없는 특별한 메뉴가 있대.’ 등등 친구와 시덥지 않은 이야기를 나누기도 한다.

보통 이렇게 유명한 식당은 맛뿐만 아니라 관광객을 위한 무기가 하나씩 있다. 주변의 멋진 뷰라던가 이색적인 공간, 화려한 음식 비주얼 같은 것이다. 이러한 것들은 방문객에게 새로운 이야깃거리를 던져주고 음식의 맛과 관계없이 여행을 더욱 풍족하게 해 준다.

소문을 듣고 찾아온 사람들로 붐벼 줄을 서게 되면 식당의 매력은 더 올라가는 것 같다. 평소 회사 점심시간이나 쉬는 날 집 앞에서 간단히 끼니를 때울 때 1시간씩 기다리며 밥을 먹는 사람은 드물 것이다. 보통 때 마음의 여유가 부족해서 하지 못했던 경험을 여행 와서 할 수 있다면 두근대는 새로운 자극을 줄 것이다. 과한 대기는 짜증을 유발하지만, 여행자들 틈에서 에너지를 함께 나누며 맛있는 음식을 기다리는 것은 여행에 감칠맛을 더해주기도 한다. 물론 음식을 먹기 위해 기다리는 것을 정말 싫어하는 사람들은 아니겠지만….

돌이켜 생각해보면, 내가 친구에게 현지 맛집이라고 데리고 다녔던 식당들은 여행자에게 던져주는 소재가 부족했던 것 같다. 밥을 먹고 가는 차 안에서 우리는 '이게 고기 국수구나', '맛있네' 이외의 다른 할 말이 딱히 없었다. 어쩌면 식당 광고를 하는 사람들은 음식의 맛을 알리기 위해서가 아닌 식당에 이야기를 심기 위해 하는 것이 아닐까?

여행을 가면 뭔가 특별한 게 먹고 싶다. 그러한 특별함은 그곳에서만 먹을 수 있는 특산물 같은 것도 있지만 이런 곳에 식당에 있을까 싶은 특별한 장소, 많은 여행자 속에서 함께 먹는 분위기 같은 것에 의해서도 만들어질 수 있다고 생각한다. 고요하고 투박한, 도심 사이에 있던 식당은 친구에게 여행지가 아닌 집 앞 동네 마실 느낌을 줬던 것 같다. 음식은 맛이 있었지만, 분위기는 맛이 있지 않았다. 이러한 점에서 이번 내 추천은 반쪽짜리였던 것 같다.

이른 오전부터 줄을 선 식당

지방에 사는 사람들은 멀리서 친구가 여행을 오면 '나 여기 가보려는데 가봤어?' 이런 말을 많이 들어 봤을 것이다. 하지만 지방 사람으로서 나도 그랬고 정작 몇 년을 산 주민은 그런 곳이 있었는지도 모르는 경우가 많다. 그렇다고 아무리 맛있는 집이라도 여행 온 친구에게 "거기 말고 내가 자주 가는 집 앞에 국밥집을 가~"라고 하는 것도 맞지 않는 것 같다.

여행자가 요구하는 맛집에 대한 니즈와 주민의 니즈는 다르다. 여행자들은 기록에 남기기 좋게 예쁜 외관과 플레이팅을 중시하고 이곳에서만 먹을 수 있다고 생각되는 현지스러운 메뉴를 주로 찾는 것 같다. 반면에 주민은 식당의 위치와 가격 그리고 입소문에 민감하다. 조금만 생각해보면 당연하고 별것이 아닌데 내가 당사자가 되면 잊게 된다.

이렇게 깨달음의 시간을 가지고 나는 무조건 현지인 맛집을 원하는 친구들에게 도민들이 가는 시내의 식당들뿐 아니라 관광지의 유명한 식당도 함께 알려준다. 무조건 맛있는 집만 고집하는 것이 아닌, 다양한 이야기를 가진 식당을 조화롭게 방문하는 것이 여행의 감성을 고양하는데 더 좋을 것 같다는 생각이 들어서이다.

맛집은 맛으로만 만들어지는 것이 아닌 것 같다. 재료와 음식의 비주얼뿐 아니라 여러 가지 보이지 않는 요소들이 합쳐져서 식당의 새로운 맛을 만들어 내는 것이 아닐까?

인터넷 평점에 흔들리지 않기

핸드폰으로 간편하게 인터넷을 이용할 수 있는 요즘 시대에는 무엇을 먹거나 어떤 곳에 가기 전에 다른 사람이 남긴 의견을 보는 것이 일상이 되었다. 인스타그램, 페이스북 같은 SNS부터 인터넷 블로그, TV 프로그램들까지 넘쳐나는 정보들 속에 조금만 시간을 내면 식당과 명소에 대한 많은 후기를 볼 수 있다. 이것이 너무 습관이 되어버렸는지 심지어 식당에 들어가서 음식을 주문한 뒤에 핸드폰으로 평점이나 후기들을 찾아보기도 한다.

다른 사람의 후기들을 보다 보면 어떻게 사진을 찍으면 잘 나올지, 음식을 더 맛있게 먹는 법 같은 좋은 팁을 얻을 때도 있다. 하지만 너무 좋은 평은 기대치를 잔뜩 올려놓기도 하고 나쁜 평은 편견을 만들기도 한다. 나도 지금까지 이러한 평점에 의존하며 여행을 다녔었는데 제주에서 이러한 편견을 깨준 고마운 친구가 있다.

10년도 넘게 알아 온 고등학교 친구가 제주도에 온다고 했다. 정말 좋은 친구이지만 이 친구와 나는 조금 다르다. 요즘 말로 하면 아재 감성이라 할까? 깔끔한 레스토랑보다 허름하지만, 옛 감성과 구수함이 있는 식당을 좋아하고 아기자기하고 예쁜 카페보다는 경치 좋은 곳에서 노상으로 맥주 한잔 마시는 것을 좋아하는 친구다. 친구의 방문 소식에 허겁지겁 인터넷 검색으로 친구를 데려갈 곳들을 찾기 시작했다.

경치 좋은 카페, 평점이 높은 식당 등 평소와 같이 인터넷 후기를 참고해서 찾았다.

친구가 오자마자 나는 자신 있게 계획해 놓은 장소들로 안내했다. 유명한 맛집과 디저트 가게, 카페들을 방문하면서 친구는 "좋다."를 연발했다. 하지만 10년을 넘게 알다 보니 진짜 '좋다'와 영혼이 없는 가짜 '좋다' 정도는 구별할 수 있었다. 친구의 마음속엔 뭔가 아쉬움이 남아 있는 듯했다.

일정을 모두 마치고 저녁을 먹기 전, 해가 질 무렵 우리는 인스타그램에서 유명한 바다가 보이는 카페에 들렀다. 카페에 앉아 잠시 쉬는 중에 문뜩 이러한 생각이 들었다. "내 취향의 장소들만 너무 친구에게 강요하는 게 아닐까? 제주에서 어떤 곳을 가면 친구가 정말 좋아할까?". 비록 짧은 고민의 시간이었지만 '이번 여행에서 만큼은 내 욕심을 조금 내려놓자.'라는 결론을 내릴 수 있었다.

고뇌의 공간 카페록록

오늘 하루 동안 내가 정한 스케줄을 완주하기 위해 정말 빠듯하게 돌아다녔었다. 시간에 맞춰 식당에 가기 위해 멋진 해안도로를 달리면서도 주변을 보거나 잠깐 멈춰볼 여유조차 없었다. 문뜩 해안도로 중간중간 친구가 '와! 여기 좋다.'라고 했던 말을 흘려들었던 게 미안했다.

카페를 떠나 저녁을 먹으러 가는 길에 바닷가의 허름한 횟집을 발견했다. 손님도 없고 위생도 썩 좋은 것 같지 않았지만, 친구는 괜찮아 보인다고 했다. 나는 짧은 순간에 핸드폰 검색을 해보았고 역시나 평이 그다지 좋진 않았다. 하지만 이번에는 친구의 취향을 따라가 보기로 했다. 반성을 한 지 얼마 지나지 않았는데도 께름칙한 마음이 드는 건 어쩔 수 없었다. 습관이 참 무서운 것 같다.

우리는 전복죽과 회 그리고 친구를 위한 소주 한 병을 시켰다. 막상 앉아 보니 생각보다 좋았다. 파도 소리를 들으며 바닷바람과 함께 먹는 회는 새로웠다. 뭔가 영화의 주인공이 된 듯한 느낌이었다. 거기다 사람도 없고 좌석도 넓어 친구와 이야기에 온전히 집중할 수 있었다. 오랫동안 묵혀놨던 이런저런 이야기를 하다 보니 하늘이 어느새 붉게 물들어 가고 있었다. 해가 지는 모습을 보며 소주를 한잔하는데, 오늘 처음으로 친구의 입에서 진심이 담긴 '좋다'라는 말이 나왔다.

아재 감성 아니죠 누아르 감성

다음날부터는 오름이나 바다 같은 큰 목적지만 정하고 가다가 '여기 좋다.'라는 말이 나오면 무조건 차를 멈췄다. 편의점에서 맥주와 음료를 사서 바다를 보며 하염없이 앉아있어 보기도 하고 지나가다 보이는 평상에 누워 하늘을 보기도 했다. 길가에 정자가 보이면 그곳은 곧 우리의 카페이자 휴게소였다. 이번 여행은 처음으로 평점에 의존하지 않는 여행이었고 이것은 고맙게도 나에게 가장 기억에 남는 여행을 만들어 주었다. 혼자였으면 가지 못했을 곳을 가보고 해보지 못했을 것을 하면서 색다른 여행의 재미를 느낄 수 있었다.

우리의 카페이자 휴게소

친구가 떠나고 나는 방문자 후기에 대해 다시 한번 생각해 보게 되었다. 가기 전에 인터넷을 검색하면 메뉴나 내부 인테리어 같은 것을 미리 볼 수 있다는 점은 참 좋은 것 같다. 하지만 다른 사람이 남긴 리뷰를 맹신해 방문할지 말지의 가장 중요한 기준으로 삼는 것은 좋지 않은 것 같다.

한 번은 포털사이트에서 검색했을 때 블로그의 한 페이지 전체가 칭찬으로 도배된 유명한 디저트 집에서 줄을 서서 빵을 먹은 적이 있다. 첫입을 먹고 감탄사가 절로 나왔다. "기다릴 만했다." 하지만 남은 빵을 집에 가서 먹을 때는 이게 오전에 먹었던 빵이 맞는지 의구심이 들 정도로 달랐다. 나는 이때 막 나온 따뜻한 빵은 어느 빵집에서 사 먹어도 맛있다는 것을 알게 되었다.

요즘은 유명한 인플루언서가 어떤 가게를 방문한 뒤 블로그나 인스타그램 같은 SNS에 맛있다고 올리면 그곳이 바로 맛집이 돼버리는 경우가 많다. 대부분 사람들이 유튜브, 인스타그램 같은 광고 플랫폼에 계정을 가지고 있고 모든 사람이 쉽게 접근할 수 있기 때문에 이제는 한 명 한 명의 리뷰의 파급력이 정말 큰 것 같다. 사람들은 특정 리뷰나 글을 보고 장소를 찾아가고 만족스러우면 본인의 계정에도 올린다. 이렇게 꼬리에 꼬리를 물고 정보는 급속히 퍼지게 된다.

내가 우연히 지나가다 들른 식당을 SNS에 맛있다고 올렸는데 운이 좋게 크게 홍보가 되어버린다면 거기는 맛집이 된다. 나도 맛집을 만들 수 있는 것이다. 다른 사람들의 길을 따라가는 것만이 아닌 자신만의 맛집, 핫플레이스 지도를 그리며 여행을 해보는 것이 어떨까? '남들이 가는 곳을 나도 가야지.', '더 맛있는 곳 더 멋진 곳을 봐야지.' 같은 욕심을 조금 내려놓는다면 더 행복한 여행을 할 수 있지 않을까 싶다.

제주에는 구석구석 식당과 카페가 정말 많다. 평점과 인기순으로 제주에서 방문할 식당과 카페를 주르륵 뽑아오는 것보다 그날그날 유동적으로 먹고 싶은 것을 생각해서 나만의 맛집을 만들어 보는 것도 나쁘지 않다. 이렇게 즉흥적으로 음식점이나 카페를 찾아갈 때는 메뉴나 테마만 조금 세부적으로 정한다면 실패할 확률을 크게 줄일 수 있다. 예를 들어 바다가 보이는 야외 횟집을 가고 싶다고 정한다면 지도에서 가까이에 있는 이러한 가게를 찾아본다. 검색으로 위치와 메뉴, 내부 사진 정도만 간단히 보고 마음에 든다면 찾아가본다. 우연히 갔다가 숨겨진 맛있는 집을 찾게 될 수도 있고 맛이 조금 부족하더라도 바다가 보인다면 내가 원하는 부분에선 어느 정도 맞기 때문에 아쉬움이 조금 덜하다. 나도 앞으로 인터넷 평점을 보지 않고 가는 장소들을 하나씩 늘려보려고 한다

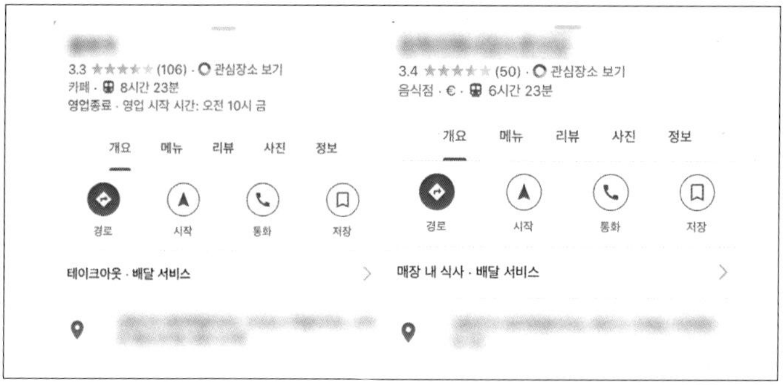

나에겐 5점 만점이었던 식당과 카페

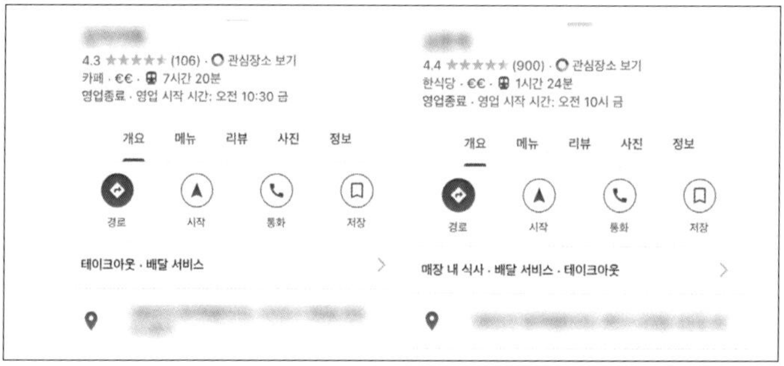

으음..이었던 장소들

요즘에는 돈을 내면 평점을 높게 만드는 작업도 할 수 있다고 한다. 거기다 경쟁업체의 악성 후기도 있다고 하니 낮은 평가가 지속해서 올라온다면 의심해 볼 수 있겠지만 몇 개의 나쁜 후기만 보고 색안경을 끼는 것은 섣부른 것 같다.

003

바다와 오름

바 다

나는 다른 곳에서 보기 힘든 제주만의 매력을 찾으라고 하면 1초의 망설임도 없이 바다와 오름이라고 답할 것이다. 우리나라는 삼면이 바다로 둘러싸여 있어 바다와 접근성이 좋아 육지에 살 때도 바다를 많이 보러 가봤지만, 제주도 같은 바다의 색깔과 경관을 보진 못했던 것 같다. 어떤 사람은 제주 바다가 동남아 바다보다 더 예쁜 색을 가졌다고 했다. 나는 동남아 바다를 실제로 보진 못했지만, TV의 여행 프로그램에 나오는 동남아 어느 휴양지 바다와 비교해도 부족한 점이 없다고 생각한다.

제주도는 동서남북으로 각각 다른 매력을 가진 해변이 분포되어 있다. 모래 해변은 주로 동쪽과 서쪽에 있고 남쪽인 서귀포는 암석으로 된 돌 해변이 많다. 화산암과 주상절리로 이루어진 해변에 시원하게 파도가 치는 모습을 싶으면 남쪽으로 잔잔한 파도와 에메랄드빛 투명한 물, 넓은 백사장을 보고 싶으면 동쪽이나 서쪽으로 가면 되겠다. 동쪽의 김녕-월정리-세화해수욕장은 경치가 예쁜 해안도로로 이어져 있기 때문에 길을 따라 하루에 세 곳의 해수욕장을 모두 방문하며 각각의 매력을 느껴보는 것도 괜찮다. 서쪽의 해변은 짝을 짓듯이 곽지-한담, 협재-금능이 가까이 붙어있다. 서로 볼 수 있을 정도로 가까운 거리이고 해안 산책로가 잘 되어 있기 때문에 한 곳에 가면 다른 짝을 가볍게 산책하듯 방문해 보는 것도 좋다.

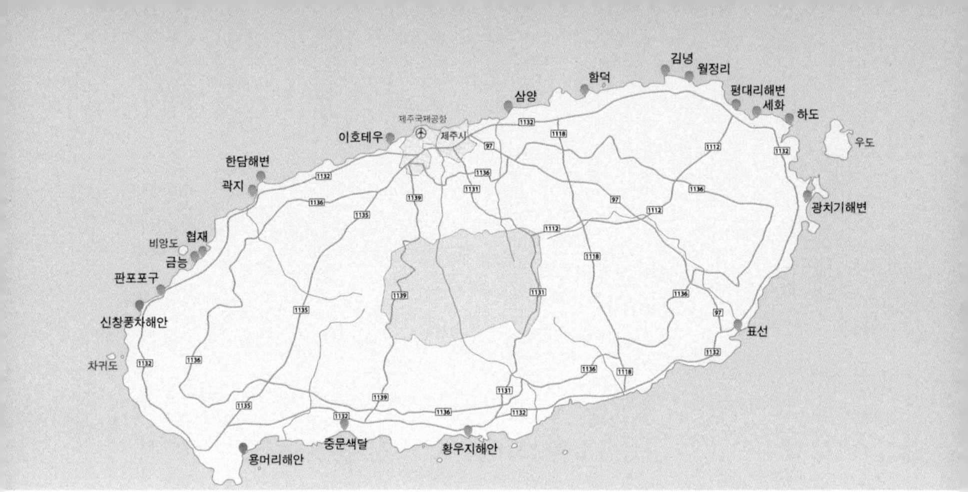

제주의 해변들

제주에 숨겨진 해변이 더 있겠지만 사람들에게 많이 알려진 해변은 이 정도인 것 같다. 초록 점이 가리키는 용머리 해안과 신창 풍차 해안은 물놀이가 아닌 암벽과 풍차를 볼 수 있는 관광지이다. 용머리 해안은 서귀포의 모든 것을 담았다고 할 수 있을 만큼 아름다운 곳이다. 서귀포 푸른 바다와 용암 암석층, 해식동굴을 가까이서 볼 수 있고 뒤쪽으로는 산방산의 절경을 볼 수 있다. 다만 입장 시간이 짧고 파도가 조금만 세도 폐쇄하기 때문에 흐린 날에는 개장 여부를 꼭 확인하고 방문하는 것이 필요하다.

신창 풍차 해안은 제주에서 내가 가장 좋아하는 일몰 명소이다. 일몰 시각에 가면 일정하게 돌아가는 풍차에 하늘의 색이 붉게 변하며 아름다운 변주를 주는 협주곡을 들을 수 있다. 이외에 우도에 하얀 조개 같은 홍조류가 퇴적해 생긴 서빈백사 해수욕장(산호 해변)과 검멀레 해수욕장 등 유명한 해수욕장이 있지만, 우도는 뒤에서 따로 소개하겠다.

삼양과 이호테우

삼양과 이호테우는 시내에서 가장 가까운 모래 해변으로 제주를 떠나기 전 마지막으로 바다를 보기에 좋은 곳이다. 물 색깔과 해변이 감탄을 자아낼 만큼 아름답진 않지만, 각각의 개성을 지고 있다. 이호테우에는 빨갛고 하얀 말 모양 등대가 만들어 주는 멋진 사진 포인트가 있다. 그리고 여름(6월~8월)에는 해변에서 포차를 운영해서 모래에 발을 부비며 시원한 맥주를 맛볼 수도 있다.

삼양해수욕장은 일반 모래보다 어두운 검은 모래로 유명하다. 해안 주변의 현무암이 오랜 기간 파도의 침식작용을 받아 암편과 광물이 떨어져 나와 어두운색을 띠게 되었다고 한다. 해수욕 시즌 이외에는 사람들이 많이 찾지 않아 조용히 해변을 걷기 좋다.

한담과 곽지

한담 해변은 모래가 아닌 돌 해변으로 검정 암석들과 푸른 바다가 어색한 듯하면서도 아름답게 어울려 있는 곳이다. 바닷물이 에메랄드빛으로 맑아서 몇몇 사람들은 투명카약을 타기도 한다. 주변에 '하이앤드 제주', 지금은 아니지만, 예전에 지드래곤이 운영했다는 '몽상드애월 카페' 등 유명 카페와 식당이 있어서 분위기가 활기차다. 또한, 곽지해변까지 해안 산책로가 잘 연결이 되어 있어 걷기에 좋다. 1시간 정도면 바다 바로 옆에 난 멋진 산책로를 따라 곽지와 한담을 오갈 수 있기 때문에 운동화를 준비해 오는 것을 추천한다. 주의할 점은 바다 바퀴벌레라고도 불리는 갯강구가 검은 돌 곳곳에 숨어있어 저녁엔 발밑을 조심해야 한다.

제주도는 바람이 세기 때문에 여름의 해수욕 시즌이 지나가면 대부분 해수욕장은 모래가 날리지 않도록 해변을 천으로 덮어 놓는다. 이상하게도 곽지해수욕장의 추억을 생각하며 사진을 찾아보았는데 천 덮인 황량한 모래사장 사진밖에 남아있지 않았다. 모래 해변이 협재해수욕장만큼 넓어 여름에 물놀이를 하러 갈 곳으로 찍어 놨는데 올해 꼭 다시 가보려고 한다. 주변에 높은 건물도 없고 상업적으로 많이 발전하지 않아서 서쪽에서 가장 자연에 가까운 해변은 이곳이 아닐까 생각한다. 앞에서 소개한 생선튀김 가게 '카페 태희'가 여기에 있고 유명한 마카롱 집인 '돌카롱' 매장이 크게 있다.

협재와 금능

협재와 금능은 부부 해변이다. 정말 가까워서 해변 산책로를 따라 20분 정도만 걸으면 두 해수욕장을 왕래할 수 있다. 산책로에는 야자수가 많이 심겨 있어서 사진을 찍으면 이국적 느낌의 인생 샷을 건질 수도 있다. 해변이 길고 넓어 나무 밑이나 모래사장에 텐트를 칠 곳이 많기 때문에 캠핑족들이 정말 많이 찾는 곳으로 여름에 제주도에서 가장 핫한 바다는 여기가 아닐까 싶다. 비양도 뒤편으로 지는 해와 흘러가는 구름을 보며 해수욕을 할 수 있는 곳이 바로 이곳이다. 근처에는 상가도 발달해서 늦게까지 하는 술집이나 음식점이 있고 바다가 보이는 카페도 많이 있다. 바다가 에메랄드빛 투명한 색을 띠어 보기만 해도 예쁘기 때문에 해수욕을 하지 않더라도 산책 겸 방문해 볼 만하다. 유일한 단점은 성수기에는 사람이 너무 많아 복잡하다는 것이다.

황우지 해안과 판포포구

황우지 해안과 판포포구는 일반적인 해수욕장이 아닌 특별한 물놀이 장소, 특히 스노클링으로 유명한 곳이다. 물이 맑고 얕아서 어린아이들도 물놀이하기 좋아 여름에는 가족 단위 관광객들이 많다고 한다. 황우지 해안은 돌기둥에 의해 만들어진 자연이 빚어낸 천연 풀장이다. 물이 워낙 맑고 주변의 해안절벽이 절경을 이뤄서 정식 해수욕장은 아니지만, 입소문을 타고 많은 사람이 찾게 되었다고 한다. 그리고 물놀이뿐 아니라 황우지 해안을 가면 외돌개까지 산책로가 이어져 있는데 그 길이 정말 예쁘다. 파도치는 해안절벽을 파노라마처럼 볼 수 있는데 그 모습이 조금 과장하자면 한국판 그랜드캐니언이라고 생각될 정도였다. 하지만 황우지 해안은 파도로 인해 폐쇄되는 날이 많기 때문에 이곳에서 물놀이할 예정이라면 가기 전에 개방이 되었는지 잘 확인을 해야 한다.

판포포구는 방파제 안쪽에 바닷물이 들어와 만들어진 풀장으로 파도가 없어 보드 위에 서서 노를 젓는 패들보드나 카약을 타는 사람이 많다. 잔잔한 에메랄드빛 바다에서 물놀이하고 싶다면 그 어디보다 여기가 가장 적절하지 않나 싶다. 포구 뒤편에는 유료 샤워 시설이 있고 주변에 식당과 카페도 있다. 유명한 '울트라마린'이라는 카페가 바로 판포포구 근처에 있다. 여름에 모래 해수욕장이 지겹다면 이러한 색다른 물놀이 장소도 고려해보는 것이 어떨까?

중문 해수욕장과 서핑

중문 색달해수욕장은 서핑으로 유명한 곳이다. 서핑 좀 한다는 사람들이 제주에 오면 꼭 들르는 장소로 제주의 대부분의 서핑 숍들이 이곳에 모여 있다. 나도 중문 해수욕장의 인싸가 되기 위해 이곳에 서핑체험을 하러 가보았다. 서핑의 핫 플레이스답게 해수욕장이 물놀이 구역과 서핑 구역으로 나뉘어 있었다. 파도가 항상 적당히 있고 멀리 나가도 수심이 깊지 않기 때문에 물놀이나 서핑을 하기 좋다고 한다. 파도가 얼마나 좋은지 인생 첫 서핑 도전임에도 스스로 몇 번 일어날 수 있었다.

물 밖에서 보면 중문은 그저 그런 해변이라고 생각될 수 있지만, 바다 안에서 서핑하거나 물놀이를 하면 중문의 새로운 모습을 볼 수 있다. 바다에서 해변 쪽을 보면 높은 암석 절벽으로 둘러싸인 해변의 모습을 볼 수 있는데 이 모습이 절경이었다. 서프보드에 가만히 누워서 파도에 몸을 맡기니 신선이 된 것 같았다.

해수욕장 주변은 중문 관광단지로 신라호텔 등 유명한 호텔이 많이 있고 조금만 나가면 식당 등 편의시설이 있다. 해수욕장 바로 옆에는 '더클리프'라는 힙한 카페도 있다.

활동적인 것을 좋아하는 사람은 제주에서 서핑체험을 꼭 해보기 추천한다. 제주 바다 대부분이 멀리 나가도 물이 깊지 않기 때문에 물을 무서워하더라도 도전해볼 만하고 일일 강습 프로그램은 강사님이 서프보드에서 일어나도록 밀어주고 받쳐주기 때문에 초보자도 파도를 타는 경험을 해 볼 수 있다. 혼자 여행을 왔어도 새로운 사람과 함께 배우며 좋은 인연을 만들 수 있고 친구나 연인끼리 오면 색다른 추억을 만들 수 있다.

곽지나 월정리 쪽에도 서핑체험을 많이 하는데, 이곳들은 파도는 적지만 에메랄드빛 예쁜 바다에서 서핑을 할 수 있다고 한다. 예쁜 바다에서 유유자적 서핑은 월정리나 곽지 같은 동쪽이나 서쪽 해수욕장으로, 조금 더 액티브한 서핑을 원한다면 남쪽의 중문으로 가면 될 것 같다. 체험과 더불어 서핑을 하는 동안 직원분이 사진을 찍어주시기 때문에 재밌는 사진도 남길 수 있다.

서핑을 계획에 넣는다면 'www.windfinder.com' 사이트에서 미리 가고자 하는 해변의 파도 높이를 확인하는 것도 좋다. 서핑을 제대로 즐기려면 파도 방향과 바람 등 변수가 많다고 하지만 기본적으로 파도 높이가 1m는 넘어야 서핑을 하기 좋다고 하기 때문이다. 가고자 하는 서핑스쿨에 전화를 해서 그날의 파도가 어떨지 물어보거나 위의 사이트를 참고해서 계획을 짜보는 것이 어떨까?

표선해수욕장은 백사장 넓이가 비현실적으로 넓다. 썰물 때면 백사장이 하도 넓어서 백사장 시작에서 10분은 족히 걸어 나가야 바다를 만날 수 있다. 바다를 향해 걷다 보면 백사장 곳곳에 바닷물이 물웅덩이처럼 고여있는 것을 볼 수 있는데 이 모습이 정말 예쁘다. 샤워시설 등 편의시설도 잘되어있음에도 외진 곳에 있어서 그런지 한여름에도 크게 북적대지 않았다. 근처에 유명한 해비치 리조트가 있는데 나중에 꼭 리조트에 머물면서 맨발로 신발을 양손에 든 채 모래사장을 원 없이 걸어보고 싶다는 생각이 들었다.

광치기 해변은 제주도에서 사진 찍기 가장 아름다운 해변인 것 같다. 사진 한 컷에 성산 일출봉과 투명한 바다를 모두 담을 수 있다. 게다가 동쪽 끝에 있어 제주에서 가장 아름다운 일출을 볼 수 있는 곳으로도 유명하다. 나는 광치기 해변을 처음 보고 영화 '인터스텔라'가 떠올랐다. 영화에 나왔던 처음 발견한 행성의 표면처럼, 바닷물 사이 곳곳에 돌들이 융기해있고 그 위에 초록색 이끼가 앉아있는 모습은 아름답다 못해 신비로웠다. 곳곳에 고여있는 물은 깊은 산 계곡물처럼 맑아 사진을 찍으면 하늘이 비칠 정도였다. 초록색과 파란색만으로 가장 아름다운 풍경을 그린다면 이런 모습이 아닐까?

세화해수욕장

세화해수욕장과 평대 해변이 있는 구좌읍은 요즘 제주에서 가장 핫한 동네이다. 대형식당이나 특별한 관광지는 없지만 구석구석 작은 책방과 식당, 아기자기한 카페가 많이 있다. 바다색이 투명한 에메랄드빛을 띠고 극성수기만 아니면 사람도 많이 없어서 조용히 산책하거나 바다를 보기 좋다.

세화해수욕장 바로 옆에는 매월 5, 10, 15, 20, 25, 30일에 열리는 세화민속오일장이 있다. 제주의 향토적 감성을 느껴보고 싶다면 날짜를 맞춰 시장에 들러보는 것도 괜찮다. 한 시간 정도면 구경할 수 있는 적당한 크기의 시장으로 각종 공산품, 과일부터 해산물까지 없는 게 없다. 가을 겨울철에 가면 신선한 귤을 싸게 살 수 있으니 시장에 들러 귤로 차를 가득 채워 떠나보는 것은 어떨까? 장날에는 해수욕장 근처가 붐비기 때문에 세화의 바다만 오롯이 느끼고 싶다면 이날을 피하는 것이 좋다.

또 세화해수욕장에는 해변을 따라 낮은 방파제가 있는데 이 길을 따라 세화 항구 등대까지 걷다 보면 영화의 주인공이 된 기분을 느낄 수 있다. 끝이 보이지 않는 먼 푸른 바다를 보며 바닷바람을 맞으며 걸으면 슬픈 노래는 나를 금세 비련의 주인공으로 만들어 주고, 신나는 노래는 뮤지컬의 한 장면 속에 나를 넣어준다.

동쪽의 삼 대장 월정리-김녕-세화

김녕과 월정리

월정리는 제주도에서 해변 바로 앞에 카페가 가장 많은 곳으로 카페 천국이다. 카페들이 바닷바람을 맞고 오래돼서 조금 낡아 보이는 곳도 있지만, 어딜 가도 바다를 볼 수 있는 오션 뷰이다. 해변 곳곳에 SNS 감성의 소품을 둬서 잘하면 해변을 배경으로 예쁜 사진을 건질 수 있다. 그리고 여러 물놀이 관련 렌털 샵들이 있어서 투명카약을 타거나 서핑체험도 할 수 있다. 월정리는 관광에 최적화된 장소인 것 같다.

김녕은 동쪽에서 가장 자연에 가까운 해변이다. 주변에 상점이나 카페는 볼 수 없고 넓은 백사장과 맑은 바다만 보인다. 그래서인지 물이 유독 깨끗한 것 같았고 옛 모습이 잘 간직된 느낌이었다. 특히 김녕 해변 근처에 풍차들이 돌아가고 있는데 이것을 배경으로 사진을 찍으면 컴퓨터 부팅 화면에 나오는 것과 비슷한 사진을 얻을 수 있다. 김녕은 제주에서 바람, 돌, 바다를 함께 느끼기에 가장 좋은 해변이라고 생각된다.

함덕해수욕장

내가 제주에서 가장 사랑하는 해변은 함덕이다. 함덕은 시내에서 차로 30분이면 도착할 정도로 가깝고 해변에 카페 등 편의시설이 가지런히 갖춰져 있다. 특히 해변 바로 옆에 나지막한 서우봉이라는 오름이 있는데 해변에서부터 이어진 길을 따라 산책하면 한걸음 오를 때마다 달라지는 함덕 바다의 다양한 모습을 볼 수 있다. '시내와 가까워서 오염이 되어 있지 않을까?'라는 생각이 들 수 있지만, 전혀 그렇지 않다. 제주스러운 에메랄드색 바다와 작지만 오름까지 함께 경험할 수 있는 이곳이 나는 정말 좋다. 저녁 늦게 가도 가로등과 고깃배의 불빛으로 편안한 어둠 속에서 바다를 느낄 수 있다. 구름이 적당히 있는 맑은 날 썰물 때, 함덕바다에 가면 투명하고 얕은 물에 하늘이 비추어져서 하늘과 땅의 경계가 사라지는 모습을 볼 수 있다. 사진을 잘 찍으면 제주도에서 저 먼 남미의 우유니 사막 느낌의 사진을 남길 수 있다.

한국의 우유니?

제주의 바다 이야기하면서 해변 산책로를 떼어 놓을 수 없다. 제주에는 바닷가 옆에 산책로가 잘 조성이 되어있는 경우가 많다. 차도 옆 좁게 난 길을 걷거나 해수욕장의 모래나 자갈 위를 걷는 것과 같이 어설픈 길이 아니다. 바다 바로 옆 불쑥 올라있는 오름의 둘레길을 걸을 수도 있고 바다 위, 거대한 풍차들 사이에 만들어진 데크를 걸어 볼 수도 있다.

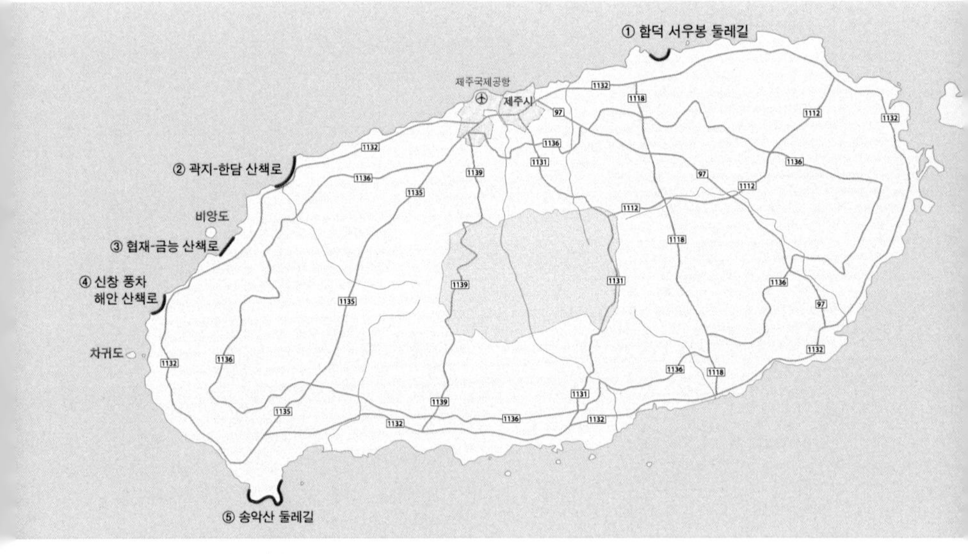

BEST 5 해안 산책로

다섯 가지 해안 산책로는 사람들이 많이 다녀 길도 잘 정비되어 있고 차가 없는, 오로지 인도 전용이라 추천하고 싶은 곳이다. 점심을 먹고 커피 한잔을 들고 걸어도 좋고 이른 저녁을 먹고 지는 해를 보며 산책해도 좋다. 걷는 것을 좋아하지 않는 사람도 한번 가보면 그 매력에 빠져 버릴 수 있으니 운동화 끈을 단단히 묶고 가도록 하자. 다만 대부분 가로등이 없기 때문에 저녁 늦게는 어둡고 위험할 수 있어 가지 않는 것이 좋다. 이곳이 아니더라도 섭지코지 같은 유명한 관광지도 있으니 제주에 오면 취향에 맞는 해안 산책로를 찾아 꼭 걸어보는 것을 추천한다.

송악산 둘레길과 신창 풍차 해안 산책로

부제 - 아무도 없는 바다

제주에 살면 좋은 점 중의 하나는 예쁜 바다를 아무도 없을 때 혼자 누려볼 수 있다는 것이다. 내가 가고 싶은 바다를 찾아가서 마음에 드는 장소를 발견하면 멍하니 허리가 아플 때까지 앉아 있어도 된다. 바다를 걷다가 잠시 멈춰 벤치에 앉아 푸른 바다를 멍하니 보고 있으면 어느새 세네 시간이 훌쩍 지나간다. 왜 최유수 작가님이 '아무도 없는 바다'라는 책을 썼는지 알 것 같았다. 아무도 없는 바다는 고요하게 내 속을 들여다볼 수 있게 만들어 준다.

항상 뭔가를 해야 직성이 풀리던 내가 멍때리는 것에 재능이 있다는 것을 제주도에 와서 처음 알게 되었다. 예전엔 여유 시간이 생기면 영화를 보든 친구를 만나든 뭐든 활동을 해야 했고 약속이 없는 날은 혼자 쇼핑이라도 해야 직성이 풀렸다. 가만히 아무것도 안 하고 있는 것은 시간 낭비라고 생각했었다. 하지만 제주도에 와서는 쉬는 날 멍하니 있는 것이 일상이 되었다. 파도 소리만 들리는 아무도 없는 해변을 걷다가 벤치에 앉아 멍하니 먼바다를 바라보면 '행복하다.'라는 말이 나도 모르게 흘러나왔다.

늦은 밤 충동적으로 바다를 보러 갈 수 있는 것도 제주도에 살면서 누릴 수 있는 호사이다. 깜깜한 어둠 속에서 멀리 보이는 고깃배의 희미한 불빛에 의지한 채 파도 소리를 듣고 있다 보면 많은 생각들이 파도와 함께 묻힌다.

하루는 외로움에 잠이 오지 않아 늦은 밤, 바다에 간 적이 있다. 제주도에서는 어딜 가도 연인이나 가족, 친구들끼리 온 여행자들로 넘친다. 혼자 이러한 사람들 사이에 있다 보면 속으로 '나도 여자 친구가 생기면 같이 와야지!'라는 생각이 들었다. 이런 은연중 생각들이 내 마음속에 외로움을 조금씩 쌓았던 것 같다. 이날은 이러한 외로움이 가득 찼고 비워줘야 할 시간이었나보다.

20대 초반 순수했던 시절 나는 진정한 첫사랑을 만났다. 미래를 위한 준비로 공부를 해야 했던 시기였지만 내가 학원에 가는 이유는 공부가 아닌 한 여자를 보기 위함이었다. 내 친구들과 나는 그녀를 오렌지 걸이라고 불렀다. 항상 주황색 가방을 메고 다녔기 때문이다. 그녀가 듣는 수업을 같이 듣기 위해 관심도 없던 선생님의 수업을 신청해서 듣기도 했고 근처에 앉아보려고 수업보다 1시간 일찍 와서 자리를 맡기도 했다. (어머니 죄송합니다) 수업에 그녀가 보이지 않는 날에는 어디 아픈 건 아닌지, 무슨 일이 생겼는지 괜스레 걱정됐다.

그때 감정을 돌이켜보면 '그냥 좋았다.'라는 말로밖에 표현이 안 될 것 같다. 그녀가 수업 시간에 꾸벅꾸벅 조는 모습도 예뻐 보였고 사물함을 여는 행동마저 고고해 보였다. 집에 가는 길에 밤하늘을 보며 그 여자를 생각할 수 있어서 좋았고 피곤하고 지친 수업 중 그 여자를 볼 수 있어서 좋았다. 그 여자가 어떤 것을 준비하는지 미래나 과거 배경 따위는 중요하지 않았다. 어떠한 목적도 없었다. 작은 바람이 있다면 관계가 잘 진전이 돼서 더 가까이에서 볼 수 있는 것 그리고 학원이 끝나면 같이 밤하늘을 보며 집에 가는 것이었다.

오며 가며 인사라도 하고 싶어 어떻게 말을 걸어볼지 수능시험이 끝나고 대학을 정할 때보다 더 신중히 고민했다. 처음 말을 거는 것은 무척 조심스러웠다. 혹시나 부담스러워서 앞으론 볼 수도 없게 될까 봐. 나는 수업을 핑계로 용기 내서 처음 말을 걸었고 그것을 시작으로 어느새 눈이 마주치면 인사도 나누는 사이가 되었다.

어느 날 운이 좋게도 학원 앞 카페에서 그녀와 커피를 한잔할 수 있게 되었다. 커피를 마시기로 한 날 나는 가방을 메지 않고 학원에 갔다. 가장 아끼던 청바지와 셔츠를 입었다. 그 셔츠는 당시 나름 인기 있었던 아베크롬비 셔츠로 며칠간 주먹밥만 먹어가며 부모님이 주신 용돈을 저축해서 해외직구로 산 것이었다.

그 어느 때보다 오랜 준비를 해서 학원으로 갔고 학원까지 가는 길에 거울을 보기 위해 화장실에 몇 번이나 들렀는지 모르겠다. 학원 앞에서 웃으며 손을 흔들어 주던 그 모습은 평생 잊지 못할 것이다. 그 눈웃음은 손예진보다 훨씬 예뻤다. 꿈인가 생시인가 우리는 나란히 걸으며 카페로 갔다. 그때의 상황과 마셨던 커피까지 전부 아직도 생생히 기억이 난다. 빽빽한 구름으로 해가 들어오지 못한 날, 학원 앞에 있던 던킨도너츠의 창가 자리에 마주 앉아 스무디를 마셨었다. 하지만 무슨 말을 했었는지는 전혀 기억이 나지 않는다.

서툴렀던 대화가 문제였을까? 내 셔츠가 너무 초라했나? 카페에서의 만남 이후에 그녀와 마주치면 목례인지 눈을 피하려 머리를 숙이는 건

지 알 수 없는 행동을 하는 어색한 사이가 되어버렸고 시험이 끝나고는 연락이 끊겨버렸다. 그해 12월 눈 오는 어느 겨울날 그녀 생각이 많이 났다. 시험이 끝나면 집 근처 미스터피자에서 아르바이트할 것이라는 말을 기억하고 무작정 지하철을 탔다. 호기롭게 찾아갔지만, 막상 도착하자 발걸음이 떨어지지 않았다. 차마 들어가진 못하고 건너편 건물에서 조용히 피자집만 보다가 집에 돌아왔다.

이때의 마음이 지금 참 그립다. 나는 20대 후반 제2의 사춘기를 겪은 것 같다. 아르바이트로 돈을 버는 족족 분수에 맞지 않는 비싼 옷을 사고 좋은 것을 먹고 놀며 사치를 했다. 게다가 무슨 자신감이었는지 마음에 드는 여자는 일단 가서 연락처를 물어봤다. 지금 생각해보면 어떤 점이 마음에 들었는지도 모른다. 운이 좋게 연락처를 받으면 데이트를 마치 숙제하듯이 하나하나 풀어갔다. 멋진 파스타 집에서 식사를 하고 날이 좋은 날 여느 커플들처럼 한강에서 산책도 했다. 하지만 이러한 만남은 오래가지 못했다. 누구를 만나고 싶은 마음도, 마음의 준비도 되지 않은 상태에서 단지 혼자 있는 시간의 외로움과 공허함을 채우기 위해 이기적인 만남을 했던 것 같다.

그때 내 마음은 어두웠고 사랑 또한 검었다. 여러 번의 짧은 만남 끝에 이제는 돌아가 보기로 했다. 어디서부터 잘못되었는지 혼자 밤바다를 걸으며 되뇌고 또 되뇌었다. 사랑에는 정답이 없지만 내가 했던 사랑은 나와 맞지 않는 옷이었던 것 같다. 이날 밤 나는 옛사랑과 외로움을 비우고 새 사랑으로 마음을 채웠다.

영화 '건축학개론'
주인공처럼
우리도 이 곳에서
예쁜 사랑을 만들자

가끔 옛사랑이 떠오를 때 영화 '건축학 개론'을 본다. 딱히 이유는 없지만, 소리와 영상이 마음을 편하게 해 준다고나 할까? 제주도에는 건축학 개론 촬영지가 있다. 하지만 큰 기대는 하지 말고 갈 것!!!

오 름

오름이란 '산(山)'이라는 말의 제주 방언으로 제주에서는 불룩하게 나온 지형은 대부분 오름이라고 칭한다. 제주도에는 크고 작은 약 360개의 오름이 있고 오름 탐험가라고 해서 제주에 머물면서 1년에 100여 개가 넘는 오름을 다니는 사람들도 있다고 한다. 나는 제주 오름의 10분의 1도 채 가보지 못했지만, 최대한 다양한 곳을 방문하면서 오름의 매력을 찾아보려고 했다.

오름 탐험 지도

오름을 다니며, 내가 느낀 오름의 가장 큰 매력은 사방이 뻥 뚫린 산이라는 것이다. 보통 육지에서 등산을 하면 정상 이외에 오르는 길은 나무로 가려져 경치라고는 나무와 풀덤불밖에 없는 경우가 많다. 하지만 오름은 올라가는 길에 키 큰 나무가 없고 낮은 풀이나 억새가 주로 있어 주변 경치를 둘러보며 올라갈 수 있다. 시야가 트여있어 하늘을 보며 올라가면 마치 구름 속으로 걸어가는 기분이 들기도 한다. 적당한 높이에 닿으면 넓은 초원과 고즈넉한 제주 시골마을의 풍경 그리고 멀리 바다까지 볼 수도 있다. 하지만 모든 제주 오름이 이런 모습을 가진 것은 아니므로 취향에 따라 잘 찾아가야 한다.

보통의 등산로와 오름 등산로

높은 오름(큰노꼬메, 어승생악 그리고 영실코스)

제주의 오름은 보통 300~400m 정도로 아주 높지 않아 가벼운 산책 코스로 좋은데 큰노꼬메오름과 어승생악은 이러한 생각을 하고 갔다가 큰코다친 곳이다. 운동을 좋아하는 것이 아니라면 연인과는 함께 가지 않는 것을 추천한다. 둘이 올라갔다가 혼자 내려올 수 있다. 높이부터 큰노꼬메는 834m, 어승생악은 1,169m로 일반적인 오름보다 많이 높다. 차로 많이 올라가서 걷는 구간은 길지 않지만, 경사가 정말 심하다. 하지만 힘들게 올라간 만큼 더 높은 곳에서 보통의 오름과 다른 풍경을 볼 수 있으니 제주의 오름들이 지겨워져서 색다른 것이 필요하다면 이곳에 올라가 보는 것도 괜찮다.

제주에 와서 한라산은 이미 가봤고 다른 등산다운 등산코스를 찾고 있다면 영실코스를 올라보는 것이 어떨까? 나는 등산을 좋아하는 편이 아니지만, 영실코스는 백록담에 가는 것보다 더 기억에 남는 산행이었고 다음에 한 번 더 가려고 찜까지 해둔 곳이다. 사방이 뚫린 경사진 등산로를 걷는데 멀리 보이는 초록색 거대한 바위산은 마치 마추픽추에 갔을 때 봤던 모습을 떠오르게 했다. 경사로가 끝나면 높낮이가 적은 평야 지대가 나타나는데 곳곳에 피어있는 꽃과 바람에 흔들리는 이름 모를 풀들의 모습이 너무 예뻤다. 눈이 오는 날은 작은 나무들에 눈꽃이 맺혀 더 예쁘다고 하니 겨울에 꼭 다시 오려고 한다.

영실코스(위)와 마추픽추(아래)

영실코스는 주차장에서 윗세오름까지 왕복 6~7시간 정도가 걸리고 경사가 심한 구간도 있기 때문에 단단히 준비하고 가는 것이 좋다. 그리고 등산로 바로 밑 주차장은 자리가 금방 꽉 차서 대기를 해야 할 수 있으니 아침 일찍 가거나 첫 등반팀이 내려올 1~2시 무렵에 가는 것이 좋다. 마음 편히 대중교통을 이용하거나 1~2km 정도 떨어진 곳에 주차하고 올라가도 된다.

제주 시내 근처 도두봉

차가 없거나 시간이 없을 때 간단하게 들르기 좋은 오름이 있다. 바로 도두봉으로 여기에서만 볼 수 있는 특별한 뷰를 가진 매력덩어리 오름이다. 공항에서도 가깝고 정상까지 왕복 30분 정도면 충분하기 때문에 무지개 해안도로를 걷다가 가볍게 들르기 좋다. 올라가는 길이 예쁘진 않지만, 꼭대기에 가면 남쪽으로는 제주공항 활주로와 시내를 북쪽으로는 시원하게 펼쳐진 끝없는 바다를 한눈에 볼 수 있다. 비행기 이착륙도 정말 가까이서 볼 수 있어 타이밍을 잘 맞추면 날아가는 비행기와 나란히 사진을 남길 수 있다.

매력쟁이 도두봉

테마가 있는 오름(거문오름과 산굼부리, 물영아리오름)

거문오름 용암동굴계는 한라산 천연 보호구역, 성산 일출봉과 함께 2007년 국내 최초로 유네스코 세계유산으로 등재된 곳이다. 하지만 거문오름이 예쁜 자연경관을 가져서 등재된 것은 아니고 용암동굴계의 연구 가치와 희소성으로 인해 등재된 것이라고 한다.

거문오름은 당일 방문이 불가하고 최소 하루 전에 미리 인터넷이나 전화로 예약을 해야 방문할 수 있다. 게다가 1일 450명으로 인원도 제한되어있다. 운동화를 꼭 신어야 하고 소액의 탐방료가 있으니 방문 전에는 거문오름 사이트의 안내문을 한 번 읽어보고 가는 것이 좋다.

거문오름은 3가지 코스가 있는데 코스들이 꽤 길어서 가장 짧은 정상 코스는 최소 1시간, 중간 분화구 코스는 최소 2시간, 가장 긴 코스는 최소 3시간을 잡고 가야 한다. 오르막과 내리막이 적어 힘들지 않고 곶자왈과 삼나무 숲이 잘 보존되어있어 오랫동안 야생의 숲길을 걷고 싶은 분에게는 이곳을 추천하고 싶다. 또한, 코로나 이전에는 가이드님의 설명이 알찼다고 하니 곶자왈 숲과 제주 용암동굴계에 대한 자세한 해설을 들어보고 싶다면 코로나가 잠잠해진 뒤 방문해 보는 것도 좋을 것 같다.

하지만 거문오름은 까다로운 방문 절차와 명성에 비해 개인적으로 조금 실망스러웠다. 나는 경치 덕후로 뻥 뚫린 길을 걷거나 높은 곳에 올라가서 주변을 보는 것을 좋아하는데 거문오름은 대부분 빽빽한 숲길로 전망을 볼 수가 없었기 때문이다. 코로나로 인해 가이드님의 설명도 없어서 자연에 대해 아는 것이 없던 나에게는 집 앞의 산과 큰 차이를 느끼지 못했다.

'굼부리'는 구덩이라는 뜻을 가진 제주말로 '산굼부리=산구덩이'라고 할 수 있다. 산굼부리 정상에는 한라산 백록담보다도 깊은 거대한 분화구가 있는데 이것에서 본떠 산굼부리라는 이름이 붙여졌다고 한다. 산굼부리는 분화구뿐 아니라 억새가 예쁜 곳으로 유명하다.

이곳에서 나는 갈대와 억새가 생긴 것만 비슷한 다른 종이라는 것도 알게 되었다. 산에 있는 것은 모두 억새이고 바닷가 주변엔 억새도 있지만, 갈대가 많다고 한다. 그리고 억새가 조금 더 키가 작고 흰색 빛을 많이 띤다고 하는데 제주에 있는 이러한 길쭉한 갈색 식물은 성산 쪽 일부를 빼고 대부분 억새라고 한다.

분화구에 가면 일정한 시간마다 해설사님이 10분 정도 설명도 해주신다. 나만 알고 싶은 비밀이지만 해설사님이 산굼부리가 가장 예쁜 시간은 11월 초 오후 5시라고 하셨다. 마감 시간 전이라 사람이 적고 가을의 정점이라 분화구 안으로는 단풍, 뒤쪽으로는 넓게 펼쳐진 억새를 볼 수 있다고 하셨다. 거기다 하늘을 붉게 물들이며 한라산 뒤로 넘어가는 해의 모습이 장관이라고 하셔서 11월에 꼭 다시 오겠다고 다짐했다.

조금 아쉬운 점은 산굼부리는 사유지라는 소문이 돌았을 정도로 다른 관광지보다 입장료(성인 6,000원)가 조금 비싼 편이다. 그리고 억새꽃이 피는 9월부터 11월까지는 여유롭게 산책을 하기 힘들 정도로 많은 사람으로 북적인다.

물영아리오름은 화구에 습지가 있는 것으로 유명한데 이 습지는 람사르 습지로 지정되어있고 다양한 동식물이 서식하고 있어서 학술 가치가 높은 곳이라고 한다. 오름에 도착하면 넓은 초지에서 풀을 뜯는 소와 빽빽하게 차 있는 나무를 파노라마처럼 볼 수 있다. 사실 나에게는 이 풍경이 물영아리오름에서 하이라이트였다.

등반로는 생각보다 경사가 급했고 숲이 우거져 있었다. 사람들이 많이 다니지 않아서 그런지 낮에 갔음에도 조금 음침한 기분이 들었었다. 비 오는 날 물영아리오름이 예쁘다는 말이 있던데 왠지 비 오는 날은 더 무서워 혼자 가지 못할 것 같았다. 정상에는 특이하게 분화구 안쪽으로 내려갈 수 있는 계단이 있는데 길을 따라 내려가면 습지를 볼 수 있다. 산꼭대기에 습지가 있다는 점이 신기하긴 했지만, 습지에 대해 아는 것이 없던 나에게는 그냥 풀로 보일 뿐이었다. 거문오름과 함께 아는 만큼 보인다는 것을 뼈저리게 느끼게 해 준 곳이었다.

물영아리오름(입구부터 정상까지)

숨겨진 억새 명소 따라비오름

산굼부리가 아닌 다른 곳에서 억새가 보고 싶다면 따라비오름으로 가보자. 가을에 따라비오름을 가면 산굼부리처럼 예쁘게 줄지어 자란 억새들은 아니지만 자유롭게 춤을 추고 있는 야생의 억새를 볼 수 있다. 펜스로 막혀 있지 않아 더 가깝게 다가가 사진도 찍을 수 있고 해질 무렵 가면 금처럼 반짝이는 억새 사이를 걸어볼 수도 있다. 정상은 사방이 트여있어 제주 동쪽의 모습을 한눈에 볼 수 있고 분화구를 따라 난 둘레길이 꽤 길어서 산등성이를 따라 산책하기도 좋다. 동남쪽 한가운데 있어 위치가 조금 애매하지만, 가을에 제주도를 방문한다면 꼭 가보길 추천한다.

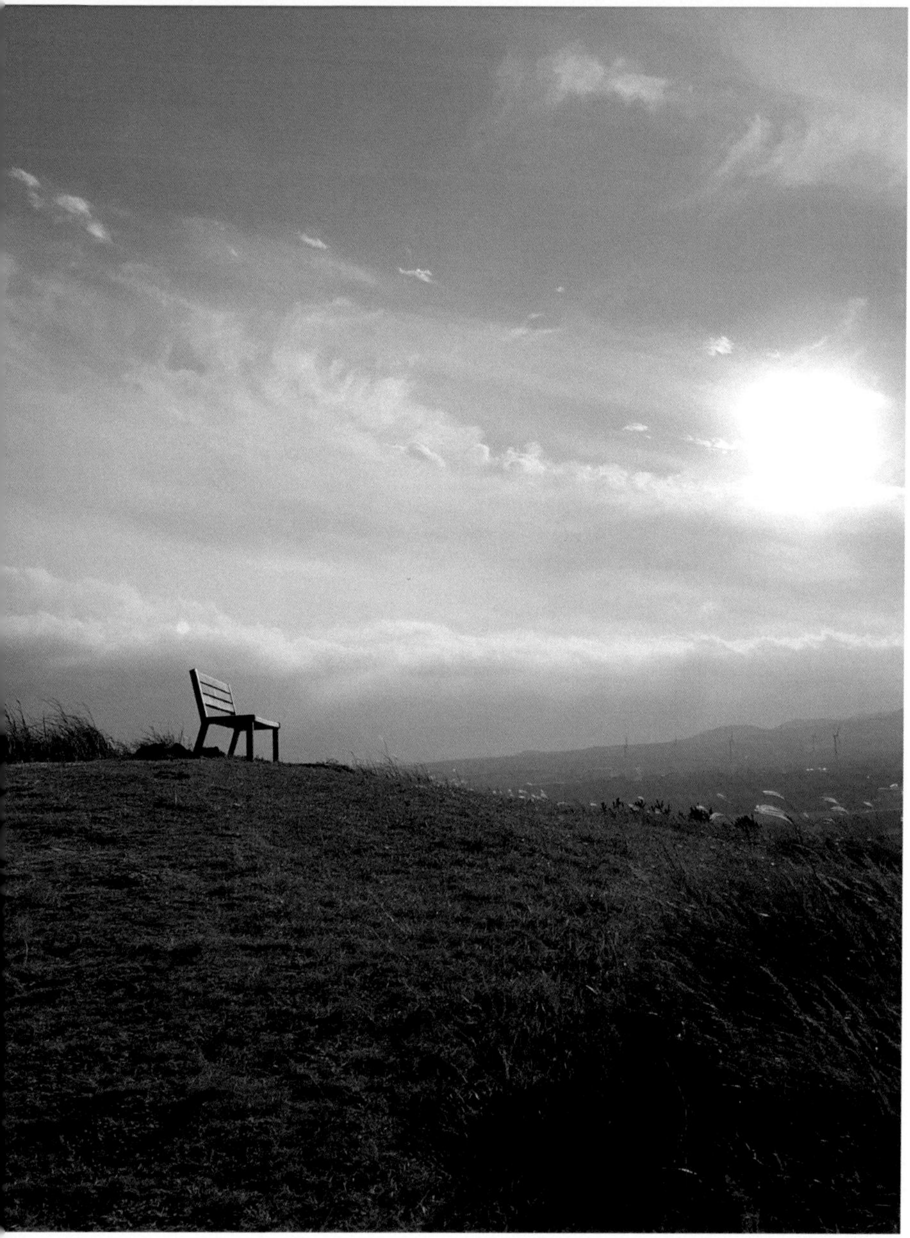

금빛의 따라비

남쪽의 오름(송악산과 고근산 그리고 군산오름)

제주도의 오름은 동서남북 방향마다 볼 수 있는 풍경이 다르기 때문에 시간이 된다면 같은 쪽의 오름을 두 곳 방문하는 것보다 여러 방향의 오름에 가보는 것을 추천하고 싶다. 대부분의 오름이 동쪽과 서쪽에 몰려있어 멀리 남쪽까지 오름을 찾아가는 것은 수고스럽지만 근처를 지나갈 일이 있다면 한 번쯤 들러볼 만하다.

남쪽의 대표 오름이라 할 수 있는 송악산은 내가 제주에 있는 동안 자연 복원을 위한 휴식년제로 인해 정상부 출입을 제한하고 있었다. 정상에는 오르지 못했지만 앞서 소개한 해안을 따라 난 둘레길을 걷는 것만으로도 먼 걸음을 보상할 만큼 충분히 아름다웠기에 남쪽을 돌아보는 여행객에게 꼭 가보길 추천한다.

고근산은 서귀포 시내 가까이 있는 오름으로 차로 산 밑까지 갈 수 있어 등산은 왕복 1시간 정도면 무난히 다녀올 수 있는 곳이다. 군데군데 공용운동기구들과 빽빽한 나무는 흔히 볼 수 있는 집 앞의 산책로와 다를 바가 없지만, 정상의 작은 분화구가 제주 오름임을 말해준다. 분화구를 따라 둥글게 걷다 보면 곳곳에 전망대가 있는데 북쪽으로 한라산, 남쪽으로는 서귀포 시내를 바다와 함께 조망할 수 있다. 특히 북쪽 전망이 너무 아름다워서 바다보다 산을 좋아하는 사람들에게는 조용히 한라산을 담을 수 있는 최고의 장소가 되어 줄 것 같다.

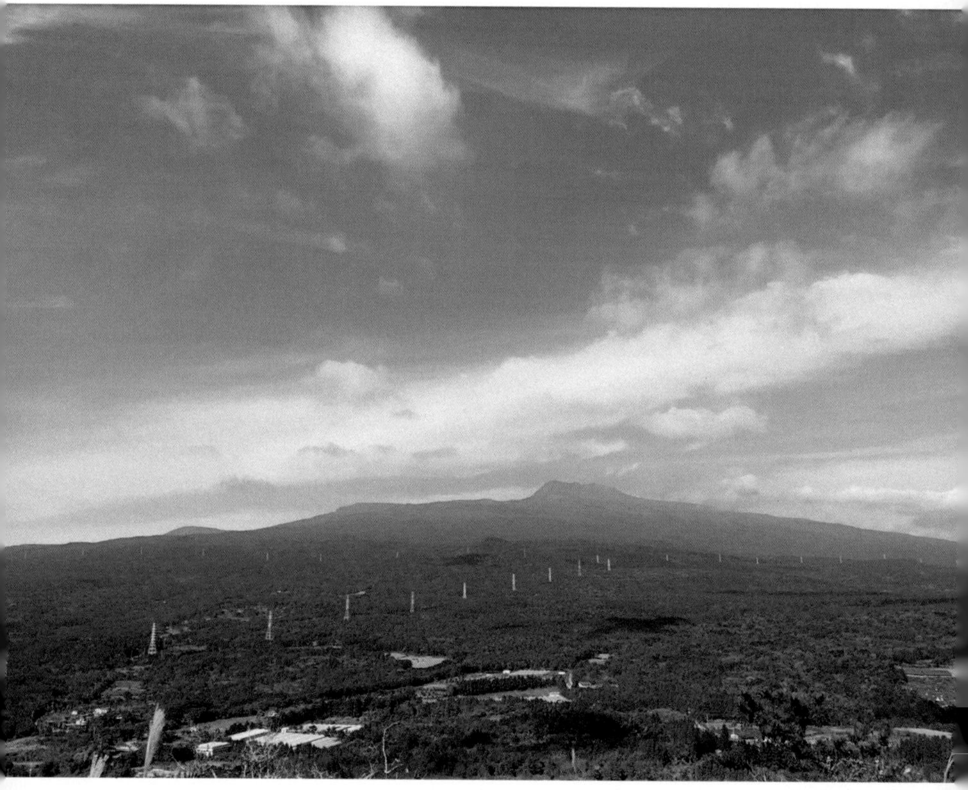
고근산 한라산 뷰

군산오름은 오름이라기보다 전망대라는 이름이 왠지 더 잘 어울리는 곳이다. 특이하게 차로 올라갈 수 있는 오름으로 정상 바로 밑 주차장까지 차로 가서 약 10분만 걸어 올라가면 멋진 경치를 볼 수 있다. 날씨가 맑으면 한라산부터 가파도, 마라도~서귀포 시내까지도 한눈에 볼 수 있어 남쪽에서는 뷰가 가장 멋진 장소가 아닐까 싶다. 거기다 일몰 시간에 가면 노을 맛집으로 지는 해와 함께 붉게 물드는 서귀포 시내를 볼 수 있다고 한다. 한 가지 주의해야 할 점은 운전인데 올라가는 길이 좁은 1차선 비포장도로라 반대편에서 오는 차를 만나면 머리가 아플 수 있다. 정상의 주차장도 넓지 않아서 차가 많다면 회차를 하기 힘들 수 있어서 초보운전자는 차를 타고 올라가는 것을 심각히 고려해봐야 한다.

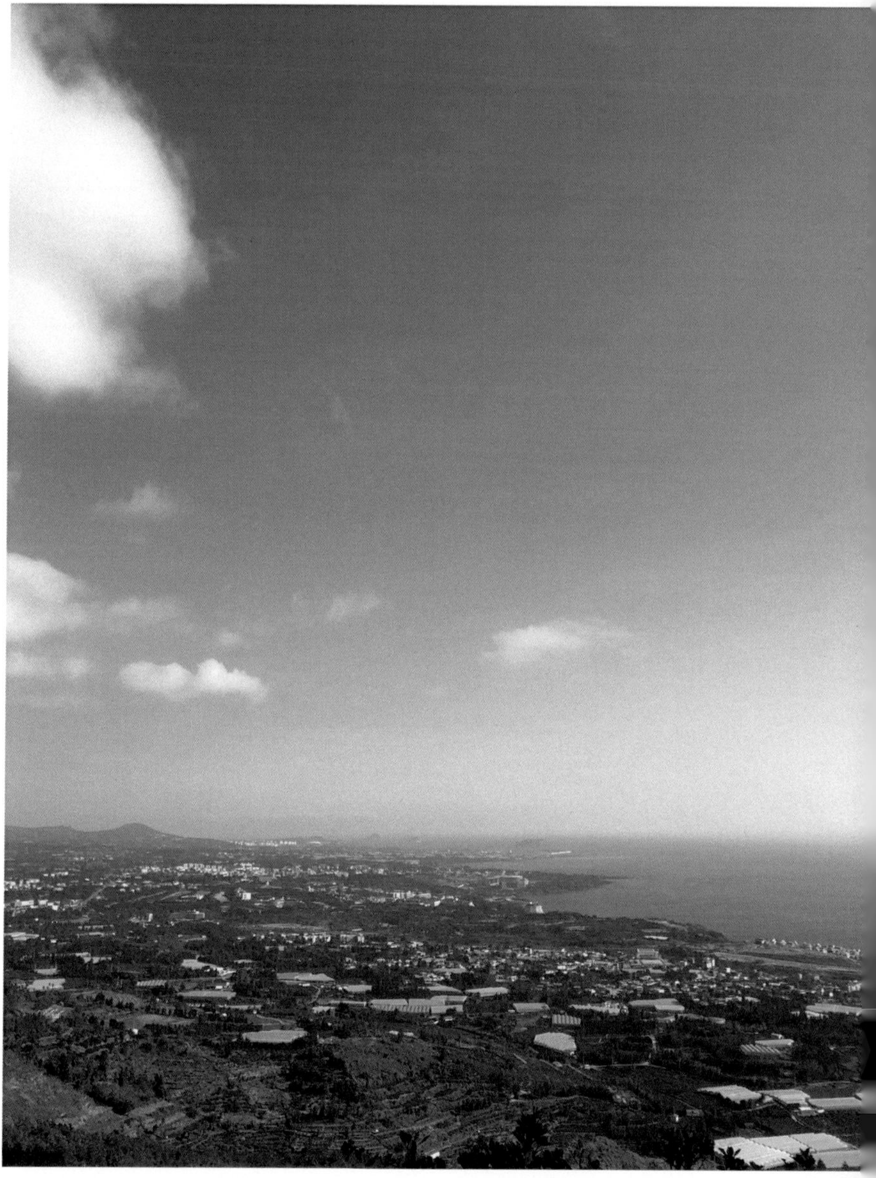

이제는 연예인 안돌오름

제주에 처음 왔을 때만 해도 게스트하우스 사장님이 투숙객에게 속닥속닥 알려주는 곳, 웨딩촬영 업체가 신랑 신부와 조용히 사진 찍으러 가는 곳이었던 안돌오름. 지금은 제주에서 가장 핫한 오름이 되어버렸다.

안돌오름은 오름과 편백숲으로 이루어져 있다. 예전에는 오름을 방문한 사람들끼리의 은어로 '비밀의 숲'이라고 편백숲을 불렀지만, 언제부터인가 네비게이션에 '비밀의 숲'이라고 검색이 되기 시작했다. 그리고 편백숲 앞에 임시매표소도 생겨서 소액의 입장료(2,000원)를 내야 들어갈 수 있게 되었다. 이제는 사람도 많아지고 인위적인 모습이 많이 생겨 조용히 산책하기는 어려워졌다. 하지만 편백숲 사이에 꽃도 심어 두고 갖은 소품을 둬서 사진을 찍기에는 여전히 예쁜 곳인 것 같다. 기다랗게 늘어선 편백 앞에서는 셔터를 막 눌러도 인생 사진을 건질 수 있다.

진짜 '안돌오름'은 편백숲과 500m 정도 떨어져 있는데 주차하는 구역도 따로 있다. 보통 사람들은 편백숲에서 사진만 찍고 가지만 편한 옷과 운동화를 챙겨 왔다면 오름에 올라가 보는 것도 좋다. 길이 잘 정비되지 않아 올라가기 조금 힘들지만 30분 정도면 정상에 갈 수 있는 짧은 코스이다. 정상에 닿을 때쯤 마지막 경사로를 걸으면 주변의 넓은 초원과 빽빽한 편백숲을 새로운 각도에서 볼 수 있는데 편백숲이 가까이에서 사진을 찍을 때와 사뭇 다른 느낌으로 다가온다.

안돌오름 하면 이곳에 처음 갔을 때가 생각난다. 정상에는 작은 벤치가 있는데 그곳에 배낭을 베고 누워 낮잠을 자던 한 여행자가 있었다. 그 모습이 이질감 하나 없이 정말 잘 어울렸던 그런 오름이다.

많은 오름을 다니면서 아무도 모르는 나만의 비밀스러운 오름을 찾고 싶다는 욕심이 생겼다. 멋진 전망이 있지만, 사람들은 잘 알지 못하는 곳. 복잡한 머리를 식히려 바람이 쐬고 싶을 때 혼자 조용히 왔다가 갈 수 있는 그런 오름을 찾고 싶었다.

하지만 이제는 욕심을 놓게 되었다. 오름이 카페처럼 신상 오름이 있는 것도 아니고 이미 많은 사람의 발길이 닿은 곳에서 나만의 숨겨진 아름다운 장소를 찾는다는 것은 힘든 일이었다. 그리고 오름을 다니다 보니 유명한 곳은 유명한 대로 알려지지 않은 곳은 알려지지 않은 대로 그 이유가 있다는 것을 느꼈다. 뱀이 나올 것 같은 숲길을 헤치며 올라가다 중간에 포기한 적도 있었고 관리가 안 된 길을 뚫고 힘들게 올라갔는데 '에계'라는 탄식이 흘러나오는 곳도 있었다. 대체로 사람들이 많이 가는 곳이 오르기 편하고 경치가 예뻤다.

숨겨진 장소라고 해서 생각나는 한 친구가 있다. 이 친구는 예전부터 인터넷으로 쇼핑을 할 때도 유명하지 않은 사이트에서 비주류의 예쁜 옷을 잘 찾아내곤 했다. 그래서 나는 이 친구를 검색의 달인이라고 불렀다. 검색의 달인 친구가 제주도에 놀러 온 적이 있었는데, 조용한 곳을 좋아하는 친구는 이번 여행에서도 검색 실력을 발휘해서 아무도 모르는 시크릿 한 산책로라며 한 장소를 찾아왔다. 그 이름은 '고살리 탐방로'. 이곳을 가고 사람들이 안 가는 곳은 안 가는 이유가 있구나라는 것을 몸소 느끼게 되었다.

여행 성수기임에도 불구하고 이곳에 처음 도착했을 때 작은 주차장에 차가 한 대밖에 세워져 있지 않아서 정말 비밀스러운 곳에 왔다는 생각에 마음이 두근댔다. 입구부터 나무가 한 그루 쓰러져 있었는데 그때는 사진 포인트라며 신나게 사진을 찍었다. 하지만 깊이 들어갈수록 길의 형체가 조금씩 희미해져 갔다. 가면 갈수록 싸한 느낌이 들었고 나뭇가지가 뱀으로 보이기도 했다. "뱀이야!"라고 호들갑스럽게 놀라기도 하고 나무줄기에 걸려 넘어질 뻔도 했지만 우리는 숨겨진 비경이 있을 거라 생각하며 꿋꿋이 나아갔다. 하지만 결국 '여기가 끝인가?'라고 생각될 정도로 길이 흐릿해진 곳에서 우리는 뒤로 돌아갈 수밖에 없었다. 중간에 사람의 발길이 많이 닿지 않은 듯한 예쁜 연못도 봤지만, 그 기쁨은 잠시였고 돌아온 차에서 우리는 안도의 한숨을 쉬었다.

야생을 찾는다면 '고살리 탐방로'로

이외에도 소개하고 싶은 오름이 너무 많지만 처음 제주도에 와서 오름을 간다면 가보면 좋을, 기본에 충실한 오름을 떠올려보았다. 이곳들은 슬리퍼를 신고 올라갔을 때도 크게 무리 되지 않았기 때문에 예쁜 사진을 찍기 위해 잔뜩 꾸미고 왔다면 여기를 가보면 어떨까?

서쪽 - '효리네 민박' 이효리가 사랑한 '금오름'과 시크릿 전망대 '정물오름'

'효리네 민박'이라는 인기 TV 프로그램에서 소개되었던 금오름은 언제 가도 사람이 많은 핫플레이스이다. 길이 잘 다져져 오르기도 쉽고 분화구 위로 동그랗게 난 길을 따라 돌면 서쪽의 풍광을 다양한 각도에서 볼 수 있다. 정상에서는 멀리 협재 바다와 남쪽으로는 산방산까지 조망할 수 있다. 비가 오고 얼마 지나지 않은 날에는 분화구 안쪽에 물이 고인 웅덩이를 볼 수 있는데 그 앞에서 사진을 찍으면 신비로운 느낌의 사진을 건질 수 있다고 한다.

금오름에서 차로 5분이면 갈 수 있는 정물오름은 금오름의 그늘에 가려진 보석 같은 곳이다. 사람들이 많이 방문하지 않아서 그런지 길이 잘 정비되어 있지 않지만 30분 정도면 정상에 닿을 수 있다. 정상에는 몇 개의 벤치만 놓여있는데 한라산 방향으로 놓인 벤치는 마치 여기 앉아 보라고 말을 하는 것 같았다. 벤치에 앉으면 한라산과 주변의 낮은 오름들이 예쁜 곡선을 그리며 양옆으로 펼쳐져 있는 모습을 볼 수 있다. 이 모습이 너무 예뻐서 액자로 만들어 소장하고 싶었다. 아무도 없는 오름에서 홀로 예쁜 풍경을 보고 산바람을 맞으니 기분이 너무 좋아서 노래를 틀어 춤을 췄다. 정신이 나간 사람처럼 모든 것을 내려놓고 노랫소리에 몸을 맡긴 채 나만의 세계에 빠져버렸다. 한참을 돌고 뛰다가 어둑해질 때쯤 정신이 돌아와 지는 해를 보며 오름을 내려갔는데 가슴이 뻥 뚫린 듯 개운했다.

동쪽 - 오름의 정석 '용눈이오름'과 '백약이오름'

용눈이와 백약이오름은 수학의 정석 같은 느낌이다. 고등학교 때 수학을 포기하지 않은 친구가 아니고는 수학의 정석이라는 교재를 대부분 가지고 있었는데 다양한 문제집을 풀면서도 헷갈리는 것이 나올 때는 꼭 수학의 정석을 펴보곤 했다.

용눈이오름과 백약이오름은 오름의 정석으로 제주도에서 여러 오름을 돌아다니다 제주다움이 뭔지 헷갈릴 때 방문하면 답을 알려줄 것이다. 뻥 뚫린 등산로와 사방이 트인 멋진 전망이 제주스러움을 가장 잘 보여주는 것 같았다. 오름 곳곳에는 자유롭게 돌아다니며 풀을 뜯는 말도 있는데 운이 좋으면 말과 옆에서 다정한 사진을 찍을 수도 있다. 경사도 완만한 편으로 연인끼리 혹은 나이 드신 어르신을 모시고 가기 괜찮다.

백약이오름은 훼손지 복원을 위해 2022년 7월 31일까지 정상부 일부 지역의 출입을 막고 있다. 그 부분이 극히 일부 지역이라 오름을 산책하는 데는 큰 지장이 없지만, 제주 오름이 사람들의 발길로 많이 손상되고 있는 것 같아 안타까웠다. 용눈이오름도 훼손 여부를 지속해서 모니터링하며 휴식년제 도입을 검토 중이라고 한다. 제주도를 여행하면서 출입 금지구역을 잘 지키고 머문 자리도 깨끗하게 정리해 아름다운 제주의 모습을 언제 와도 볼 수 있도록 함께 유지해나가면 좋겠다.

아픈 백약이오름

오름의 등산로에는 나무가 많이 없어서 바람이 센 날은 사방에서 바람을 맞아 눈을 못 뜰 수도 있기 때문에 선글라스를 준비하는 것이 좋다. 그리고 그늘도 없기 때문에 한여름에는 양산이 필수이다.

안개가 끼거나 흐린 날에 오름을 올라가면 내 앞에 가는 사람도 잘 안 보일 수 있다. 힘들게 올라갔다가 아무것도 못 보고 운동만 하다가 내려올 수 있으므로 오름을 계획에 넣은 날은 날씨를 꼭 잘 확인하자! 그리고 오름은 대부분 시골에 있어 오름 입구까지 대중교통이 가는 경우가 드물기 때문에 차가 없이 오름을 방문할 경우 미리 계획을 잘 짜야 한다.

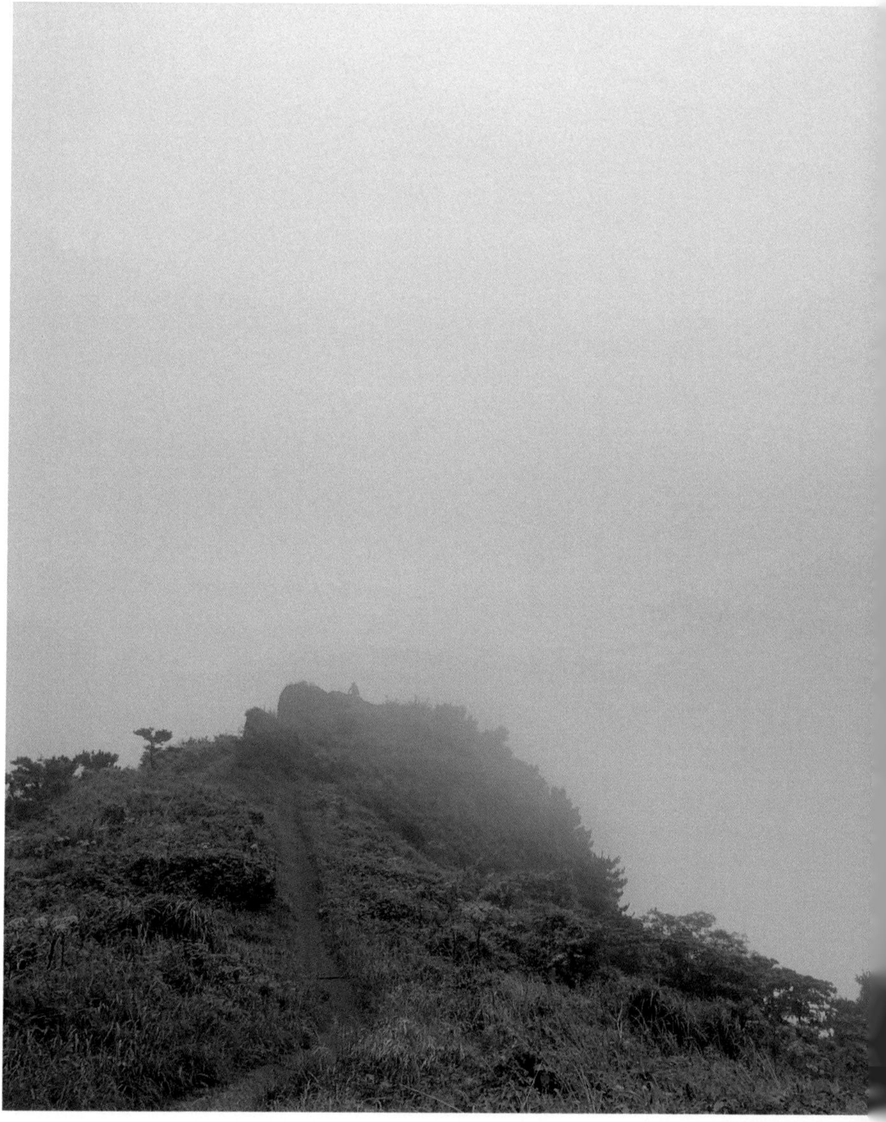

안개 낀 오름

004

인생 카페

요즘 인터넷이나 책을 보다 보면 '인생'이라는 말을 자주 볼 수 있다. 인생(人生)은 사람이 세상을 살아가는 일, 사람이 살아 있는 기간을 뜻하는 단어이다. 이러한 '인생'이라는 단어를 접두사처럼 써서 인생 맛집, 인생 카페, 인생 술집 같은 표현을 만들어 '내가 살아 있는 기간 중 최고의 맛집' 같은 의미로 사용한다고 한다. 나는 제주에서 인생 카페를 찾았다.

처음엔 그토록 육지만 바라던 나에게 제주에 살면서 나쁜 습관이 하나 생겼다. 쉬는 날 날씨가 좋으면 집에 가만히 있질 못하는 것이다. 시내를 벗어나 어딘가를 가지 않으면 하루를 버린 기분이 들었다. 집에서 10분만 나가면 바다를 볼 수 있는 생활을 언제 또 할 수 있을까 싶어 제주를 떠나기 전까지 눈에 최대한 많이 담고 싶었다. 이렇게 빠릿빠릿 돌아다니다 보니 자연스레 중간중간 핸드폰을 충전하거나 목을 축이러 카페를 많이 가게 되었다. 처음에는 정말 잠깐 쉬었다가 가려고 했지만, 어떤 카페에서는 멋진 인테리어와 창문 밖 전망을 보고 있다 보면 2~3시간이 훌쩍 가버리기도 했다. 이런 카페들을 몇 군데 다녀오고부터 점차 카페의 매력을 알아가기 시작했다. 이때부터 잠시 쉬어가는 경유지가 아닌 목적지로 다양한 카페를 찾아다녔다. 놀랍게도, 이렇게 방문한 카페가 어느새 100여 군데가 넘는다는 것을 사진을 정리하며 알게 되었다. 육지에 있을 때 집에서 가장 가까운 카페나 프랜차이즈 카페에 주로 가던 나를 변화시켜준 카페를 하나씩 소개해보려 한다.

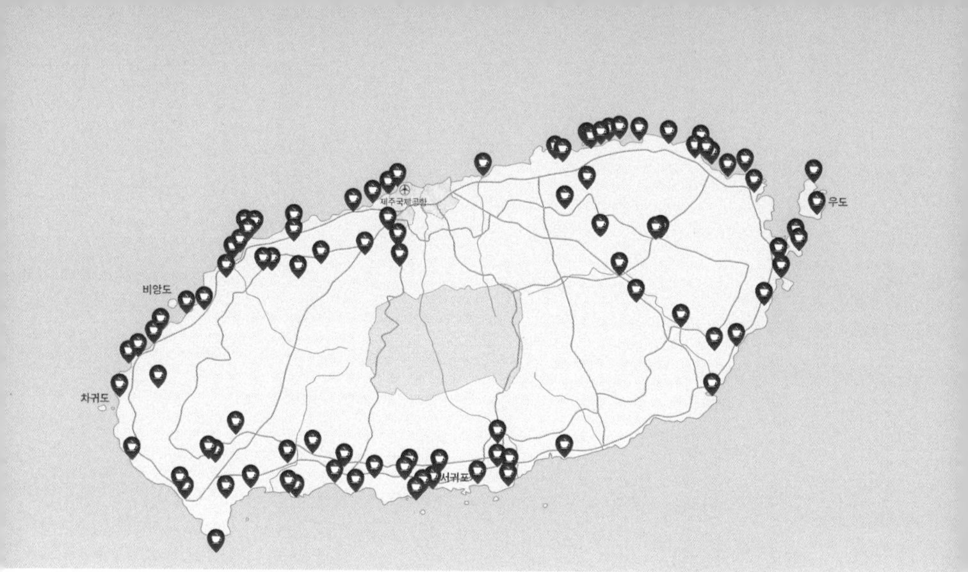

커피에 얼마를 썼을까…?

지도에 방문했던 장소들을 하나씩 찍다 보니 그 기억이 새록새록 떠올랐다. 카페를 많이 다니다 보니 내가 어떤 카페를 좋아하는지 나의 취향도 알게 되었다. 나는 규모가 적당히 있으면서 바다가 보이는 카페가 제일 좋다. 그리고 아기자기한 소품들로 사진 포인트를 만들어 놓은 곳보다 인테리어가 조금 단순해도 따뜻한 나무나 세련된 가구들로 편안한 느낌을 주는 곳을 선호한다. 제주도에는 이러한 카페가 너무 많지만, 그중에 바다 뷰가 유독 좋아 기억에 남는 5개의 카페가 있다.

오션뷰 카페

(허니문하우스, 원앤온리, 아오오, 울트라마린, 휴일로)

허니문하우스와 원앤온리는 서귀포의 핫플레이스다. 오직 카페를 보기 위해 서귀포에 가도 될 정도로 육지에서 보기 드문 개성을 가지고 있다. 허니문하우스는 2018년 파라다이스호텔 부대시설 일부를 카페로 재단장해 오픈한 곳이라고 한다. 호텔의 진입로를 이용해 카페로 들어가게 되는데 90년대 최고의 호텔이라는 명성답게 입구부터 야자수가 즐비해 마치 외국 휴양지에 온 느낌을 받았다. 노후가 지속되어 호텔 본건물은 사용하지 않지만, 카페로 가는 길에 볼 수 있는 지중해풍 부드러운 곡선을 가진 건축물이 이국적인 느낌을 자아냈다.

원앤온리는 한번 보면 잊을 수 없는 멋진 루프톱 뷰를 가지고 있다. 1층에서 커피를 주문하고 2층으로 올라가면 뒤로는 산방산, 앞으로는 끝없는 바다를 볼 수 있다. 카페 마당은 해변과 연결돼 있어 프라이빗 비치를 가진 동남아 리조트 같은 분위기를 자아낸다. 특별한 인테리어는 없지만 마당의 야자수와 바다, 산방산이 최고의 장식이 되어주는 것 같았다. 너무나 유명해서 항상 사람이 많지만, 어디에서도 볼 수 없는 멋진 전망이 있기 때문에 날씨가 좋은 날은 꼭 한번 방문해보길 추천한다.

울트라 마린과 휴일로, 아오오는 모던한 인테리어에 멋진 바다 뷰를 가지고 있는 카페들이다. 모두 내부가 넓고 벽은 거대한 통유리로 감싸 카페에 바다를 담고 있다. 베란다나 마당이 있어서 더 선명히 바다를 보기 위해 언제든 밖으로 나갈 수도 있다. 게다가 카페들이 각각 동, 서, 남쪽에 있어 모두 다른 바다의 모습을 보여준다. 제주를 한 바퀴 도는 여행을 한다면 전부 방문하며 서로 다른 바다의 풍경을 비교해보면 어떨까?

처음 울트라 마린 카페에 갔을 때 밖에서 보이는 녹이 슨 간판을 보고 '조금 낡지 않았을까?'라고 생각했는데 큰 오산이었다. 외관과 다르게 내부가 정말 넓고 깔끔했다. 그리고 밖에서 보면 단층 카페로 보이지만 안으로 들어가면 바다와 더 가까운 1층이 있는 2층짜리 건물이었다.

카운터 뒤편에는 거대한 나무 선반이 있는데 원목 가구들과 함께 전체적으로 따뜻하고 분위기를 내고 있었다. 거기다 청록색의 쿠션과 스탠드 등으로 곳곳에 포인트로 줘서 겉모습과 다르게 세련돼서 깜짝 놀랐다. 좌석들도 여러 형태로 구성되어 있어 단체로 온 여행객도 부담스럽지 않게 머물다 갈 수 있을 것 같았다. 게다가 이곳에는 SNS에서 핫한 멋진 사진 포인트도 있으니 연인과 함께라면 삼각대를 꼭 챙기자!

RA
MA
U

아오오는 'out of Ordinary'의 줄임말로 잠시 일상에서 벗어나 천혜의 경관을 만끽하는 공간이라는 의미에서 붙여진 이름이라고 한다. 일상에서 우리를 꺼내주려는 듯 이곳은 표선과 성산 일출봉 사이 조금은 외진 곳에 있다. 외관이 카페라고 생각되지 않을 만큼 예쁜데 처음 봤을 때 미술관 같다는 생각이 들었다. 건물 한가운데 중심을 관통하는 대나무가 자라고 있고 카페 뒤편 가장 좋은 자리에는 귤나무가 떡하니 자리 잡고 있다. 공간을 꽉 채우지 않고 공백을 많이 둬서 여유가 느껴졌다. 2층은 통창으로 되어 있어 자리에 앉아 바다를 볼 수 있고 밖으로 나가 베란다에서 주변을 둘러보면 알록달록 지붕을 가진 시골 마을도 눈에 담을 수 있다. 게다가 운이 좋으면 카페 앞바다에 돌고래 가족이 지나가는 것도 볼 수 있다고 하니 정말 천혜의 경관을 만끽하는 공간이라는 카페 모토가 잘 어울렸다.

카페 휴일로는 처음 방문하면 이곳이 주택인지 카페인지 헷갈릴 수 있다. 입구의 거대한 돌담과 건물이 잘 지어진 고급 전원주택 같았다. 마당에는 부드러운 잔디가 깔려있었는데 너무 깔끔히 정돈되어있어서 돗자리를 깔고 눕고 싶었다. 라탄 의자와 잔디, 바다가 너무 잘 어우러져서 친구는 마치 하와이에 온 것 같다고 했다. 내부가 모두 통유리로 되어있고 2층과 마당도 모두 바다를 향하고 있어 어느 자리에 앉아도 바다를 볼 수 있어 좋았다.

중산간 카페(카이로스, 꽃기린)

창문 너머 뻥 뚫린 바다만 보는 것이 아닌 나무와 산 그리고 제주의 도시풍경까지 다채로운 모습을 한라산 중턱 어느 즈음, 조금은 멀리서 조망할 수 있는 카페도 있다.

카이로스는 독채 펜션과 함께 운영되는 카페이다. 하지만 카페도 독채이니 걱정할 필요는 없다. 원목과 통유리로 만들어진 카페는 주변의 푸른 잔디, 나무들과 너무도 자연스럽게 어울렸다. 마당에 앉아 멀리 바다를 보니 해변의 카페에서 보던 것과 느낌이 사뭇 달랐다. 파도 소리가 아닌 바람에 흔들리는 나무 소리와 새소리가 푸른 바다와 생각보다 잘 어울린다는 것을 알게 되었다.

꽃기린은 함덕 바다가 보이는 동쪽 중산간에 있는 가정집 느낌의 조그마한 카페이다. 사실 이런 아기자기한 카페는 나와 맞지 않지만, 바다 쪽으로 나 있는 큰 창의 뷰가 너무 예뻐 보여 가보게 되었다. 운이 좋게도 손님이 나 혼자여서 창가 자리에 앉아 원 없이 바깥 풍경을 바라볼 수 있었다. 차 소리도 안 들리는 조용한 카페에 혼자 앉아 있으니 고향 집에 있는 것처럼 마음이 포근해졌다. 다음 손님이 오기 전까지 한참을 앉아있다가 일어났지만, 카페를 떠날 때는 왠지 아쉬운 마음에 발걸음이 무거웠다.

⁝ 프라이빗 비치가 있는 카페(인카페, 코코티에) ⁝

바다를 눈에 담는 것에서 더 나아가 제주에는 마치 카페의 프라이빗 비치인 양 바다와 가까이 연결되어 있는 카페도 있다. 시원한 커피를 한잔하며 바다에 발을 담구기에는 이곳들이 제격이다.

코코티에는 표선해수욕장을 프라이빗 비치처럼 이용할 수 있는 카페이다. 카페 앞마당에서 계단을 몇 개만 내려가면 표선해수욕장의 모래를 밟아볼 수 있다. 해가 쨍쨍한 날에는 곧바로 바다에 뛰어들고 싶어질 수 있으니 비상용 수건이 필수이다. 물에 들어가지 않아도 야자수 밑, 마당에 앉아 물놀이하는 사람들을 보면 격한 대리만족을 느낄 수도 있다. 표선 바다를 가장 가까이 느낄 수 있는 카페는 여기가 아닐까 싶다.

세화와 월정리를 잇는 해안도로를 달리다 보면 동그란 원통과 조금은 낡아 보이는 건물을 발견할 수 있다. 이곳이 바로 인카페이다. 허름한 외관과 별다른 것 없는 내부를 보면 조금 실망스러울 수 있지만, 진짜는 더 깊숙이 들어가면 만날 수 있다. 마치 놀이동산처럼 입구는 매표소에 불과하고 그곳을 지나면 특별한 장소가 나온다. 야외에는 넓은 마당과 오직 손님만을 위한 에메랄드빛 구좌 바다가 기다리고 있다. 게다가 정말 코앞이라 조금만 내려가면 아름다운 바다를 직접 만져볼 수 있다. 발을 걷어붙이고 물속을 걷다가 목이 탈 때쯤 선베드에 누워 시원한 커피를 마시면 멀리 있는 해외의 휴양지가 부럽지 않을 것이다.

코코티에와 인카페는 노키즈존이 아니라서
한여름에는 물놀이하는 가족 단위 손님이 많아 조금 복잡할 수 있다.
그리고 야외 좌석이 메인이기 때문에 날씨가 중요하다.

번외

공항과 가까운 거대한 바다 전망 카페 3선

'빽다방 제주 사수 본점', '에오마르', '외도339'는 공항에서 10km 이내로 제주를 떠나기 전 마지막으로 바다에 대한 아쉬움을 털어버리기 좋은 장소이다. 시내와도 가까워 대중교통이 많은 편이라 렌터카 없이 여행하는 도보 여행자에게도 안성맞춤이다. 게다가 마감 시간도 보통 밤 10시에서 11시로 관광지 카페보다 영업시간이 길다. 바다색이나 다른 부분에서 앞서 소개한 카페들보단 아쉬움이 있을 수는 있지만 이렇게 시내 가까이에 바다를 조망할 수 있는 카페가 있다는 것은 육지에선 경험하기 힘든 것임이 틀림없다.

이전의 빽다방에 대한 편견을 깨준 곳
1,500원짜리 아메리카노 한잔으로 아름다운 바다를 마음껏 볼 수 있다.
거기에 백종원 레시피의 베이커리는 덤

일몰이 아름다운 카페(카페 데스틸, 클랭블루)

바다뿐 아니라 늦은 저녁 시간에 가면 예쁜 일몰까지 덤으로 볼 수 있는 카페들이 있다. 카페 데스틸과 클랭블루는 비교적 최근에 지어진 카페로 멋진 일몰 뷰와 더불어 모던한 인테리어, 강렬한 색깔을 가지고 있는 카페이다.

20년 하반기 정식 오픈한 카페 데스틸은 일몰을 위해 지어진 카페라고 해도 무방할 정도로 사장님께서 일몰에 정성을 들이셨다. 처음 건축의 시작부터 차귀도 뒤편으로 지는 해를 잘 볼 수 있는 각도로 건물을 설계하셨다고 한다. 일몰이 예쁜 날은 항상 인스타그램에 사진을 올려주셔서 검색해보면 이곳의 일몰 모습을 미리 봐볼 수 있다.

내부에는 빨강, 파랑, 노란색이 유독 많이 보이는데 어디선가 본 것 같은 눈에 익은 구조와 색깔이었다. 사장님께서 '몬드리안'이라는 화가를 정말 좋아해서 그분의 작품들에서 카페 인테리어의 영감을 많이 얻으셨다고 했다. 중고등학교 미술 교과서 근대미술 파트에서 꼭 등장하는 화가이기 때문에 카페에 들어가면 '어디서 본 것 같은데?'라는 생각을 할 수 있다. 미술에 조금 더 관심이 있는 사람은 컵의 디자인과 카페 로고, 테이블, 의자, 책장까지 모든 곳에서 몬드리안의 향수를 느낄 수 있을 것이다.

그리고 몬드리안이 네덜란드 출신이라는 점에서 커피머신부터 카페 곳곳의 소품들을 네덜란드로부터 공수해 왔다고 한다. 몬드리안과 네덜란드 이야기로 가득 채운 이 카페를 방문하면, 여유가 있을 때는 사장님께 직접 카페에 얽힌 재미난 이야기도 들을 수 있다. 커피 한잔으로 한 사람의 이야기가 담긴 미술관을 관람해보고 싶다면 이곳을 추천하고 싶다.

신창 풍차 해안도로 바로 옆에 있는 클랭블루라는 카페는 갤러리형 카페이다. 예전에는 2층에 작품들을 전시하고 해설 프로그램도 운영했다고 하지만 지금은 몇 개의 예술작품만 두고 카페 손님들을 위한 공간으로 이용하고 있다. 갤러리가 없다고 아쉬워하지 않아도 된다. 제주 건축 대전에서 상을 받았을 만큼 멋진 외관과 인테리어를 가지고 있기 때문이다.

이곳은 시그니처 색깔이 파란색이다. 프랑스 작가인 '이브 클랭'의 정신을 모티브로 하여 새파란 제주 바다 앞에 파란 테마를 가진 카페를 열었다고 한다. 카페 안에서는 테이블과 벽, 쟁반, 2층의 작품들까지 곳곳에서 진한 파란색을 볼 수 있다. 하지만 무엇보다 이 카페에서 가장 유명한 것은 2층에 있는 통유리로 된 커다란 액자이다. 유리 액자를 통해 풍차와 바다가 보이는데 그 어떤 예술작품보다 아름다워서 가만히 보다 보면 어느새 액자가 붉게 물들어 버린 모습을 보게 된다. 유리 액자 앞에서 사진을 찍으면 작품 속에 나를 넣어볼 수도 있다.

고주택을 개조한 카페(풀베개, 3인칭 관찰자 시점)

갤러리형 카페같이 현대적 감성으로 새로 지은 카페들뿐만 아니라 제주에는 오래된 주택을 개조해서 만든 카페도 많다. 그런데 보통 이런 카페는 자리가 좁아 야외 자리가 없다면 오래 앉아있기 눈치가 보이고 테이블이 가까워서 옆 테이블에 들릴까 봐 조용조용 말하게 되는 불편함이 있었다. 어떤 곳은 내부는 전부 수선하고 지붕만 남겨놔서 '차라리 새로 짓는 게 어땠을까?'라는 생각이 들 정도로 어설펐다. 하지만 정성 들인 수선으로 세련됨과 옛것의 포근함을 함께 아울러 새로 지은 카페보다 매력적인 곳도 있었다. 바로 '풀베개'와 '3인칭 관찰자 시점'이라는 카페이다.

풀베개는 제주도 남서쪽 내륙에 있는 카페로, 울창한 고목들 사이에 있는 옛 주택을 개조한 것이고 3인칭 관찰자 시점은 서쪽 신창 풍차 해안 근처 바닷가의 옛 주택을 개조한 것이다. 두 곳 모두 본관과 별채로 구성되어 있고 마당이 있다는 점에서 비슷한 점이 많다.

3인칭 관찰자 시점에는 이곳에서만 볼 수 있는 특이한 좌석이 있는데 바로 원형극장 같은 동그랗게 놓여 있는 의자들이다. 머리로는 뭔가 카페와 어울리지 않게 부조화스럽다고 생각하면서도 몸은 한번 앉아보고 싶었는지 어느새 그쪽으로 향했다. 특별한 볼거리가 없는 본관에 이러한 좌석들을 놓아둔 것에서 사장님의 센스가 느껴졌다. 별관에 가면 우드 톤의 따뜻한 내부와 예스러운 정갈한 좌석을 볼 수 있다. 창밖으로 보이는 풍차와 아름다운 바다는 덤.

풀베개는 오래된 도서관 앞에서나 볼 수 있던 일자 의자를 나무 밑에 두고 과일 수확 상자를 야외 좌석으로 곳곳에 배치했는데 그 모습이 마치 드라마 세트장 같았다. 주변에 귤나무들은 여기가 제주라는 것을 말해주었고 곳곳에 배치해둔 귤에서는 사장님의 세심한 배려를 느낄 수 있었다. 실내는 나무, 돌, 콘크리트 같은 원재료를 자연스럽게 노출해 놓았는데 단순한 것 같으면서 지루하지가 않았다. 제주스러운 옛 건물과 세련됨이 공존하는 카페를 찾는다면 이곳들을 방문해보면 어떨까?

제주에는 제주 토종 브랜드 '에이바우트'라는 프랜차이즈 카페가 있다. 2016년 제주 한라대학교 앞에서 1호점으로 시작한 에이바우트는 급성장하여 현재는 제주에만 28개 매장을 가지고 있다고 한다. 1인 좌석도 잘 구비되어있고 스터디룸 같이 분리된 공간이 많아서 제주도민들에게는 공부하기 좋은 카페로 소문이 나 있다. 감성보다는 실용성을 중요시한 인테리어로 관광객들에게는 특별한 유혹 거리가 없지만, 그래도 한번 제주 토종 프랜차이즈 커피를 경험해 보고 싶다면 함덕해변의 에이바우트를 추천하고 싶다.

함덕 에이바우트는 20년 하반기 오픈해 생긴 지 얼마 되지 않았지만 멋진 오션뷰로 함덕에 독보적이었던 카페 델문도의 인기를 위협하고 있다고 한다. 루프톱이 있는 5층짜리 건물을 카페로 사용해서 공간이 넓고 쾌적하다. 바다 쪽은 모두 통창으로 되어있어 전망도 좋고 루프톱에 올라가 주변을 둘러보면 한라산뿐 아니라 함덕의 전체 모습을 조망할 수 있다. 게다가 음료도 저렴하기 때문에 함덕에 간다면 가볍게 목을 축일 겸 들러보는 것도 괜찮다.

멋진 정원이 있는 카페(보롬왓, 미쁜 제과)

바다 뷰...바다 뷰... 이제 슬슬 바다가 보이는 카페가 지겨워졌을 것이다. 파도 소리가 환청으로 들릴 때쯤 멋진 정원과 독특한 인테리어로 눈을 정화할 수 있는 색다른 카페들이 있다.

보롬왓은 영농조합에서 운영하는 식물 체험 공간이다. 소액의 입장료가 있고 내부의 작은 카페에서는 음료도 따로 시켜야 한다. 하지만 잘 다듬어진 정원과 탁 트인 풍경을 보면 입장료가 전혀 아깝지 않을 것이다. 정원에는 여러 종류의 꽃들이 있는데 가장 넓은 구역을 차지하고 있는 것은 메밀꽃이다. 5~6월과 9~10월에 이곳을 방문하면 초원에 눈이 내린듯한 넓은 메밀꽃밭을 볼 수 있다. 정원이 꽤 커서 가볍게 산책을 해도 1시간이 훌쩍 지나가 버릴 정도이다. 카페를 가지 않고 산책만 해도 괜찮지만, 날씨가 좋다면 음료를 한잔 시켜 카페 앞 쿠션에 누워 제주 하늘 속으로 들어가 보는 것도 좋다.

'미쁘다'는 '믿음직스럽다'의 순우리말이라고 한다. 미쁜 제과는 아름다운 우리말을 사용한 상호에 걸맞게 전통의 멋을 담은 한옥 카페이다. 미쁜 제과를 검색해보면 맛있는 빵으로 유명한 곳임을 알 수 있는데 나는 무엇보다 옛 감성을 지닌 고즈넉한 정원이 가장 기억에 남는다. 음료를 주문하고 밖으로 나가면 바다를 마주한 넓은 정원을 볼 수 있는데 가지런한 잔디와 돌다리가 놓인 수로에서 집주인의 정성을 느낄 수 있었다. 정원 안쪽의 원목으로 된 정자와 높은 그네는 예스러운 느낌을 자아냈다. 게다가 곳곳에 있는 고급스러운 정원수들과 돌 조형물이 옛 사극에 나오는 대감집에 놀러 온 듯한 기분이 들게 해주었다.

독특한 인테리어(사계생활, 레이지 펌프)

'하이앤드 제주', '몽상드애월' 등 인기 카페가 모여있는 애월 카페거리에서 조금 떨어진 곳에 홀로 쓸쓸히 서 있는 '레이지 펌프'라는 카페가 있다. 이곳은 한때 양어장으로, 물을 긷던 펌프장을 개조해 카페로 만들었다고 한다. 외관은 예전 펌프장의 모습을 그대로 하고 있어 허름해 보이지만, 반전의 내부가 있다. 카페는 층마다 다른 콘셉트를 가지고 있는데 1층의 주문대에서 한 계단만 내려가면 반지하의 몽환적인 공간을 볼 수 있다. 벽에는 빔프로젝터가 쏘아지고 있고 붉은 조명과 힙한 소품들은 누군가 소파에 앉아 담배를 피워도 어색하지 않을 것 같은 분위기를 만들어 주고 있었다. 2층은 깔끔하게 정돈된 공간으로 특별한 장식 없이 노출 콘크리트와 실용적인 가구들로 꾸며 놓았다. 3층은 해수를 보관하던 장소였다고 하는데 예전 모습을 그대로 유지한 채 몇 개의 의자와 탁자만 두었다. 바다 쪽으로 낸 통창을 제외하고는 그 어떤 변형도 주지 않은 듯 콘크리트 벽에는 따개비들이 예전 모습 그대로 붙어있었다. 레이지 펌프는 오래된 공간에 앉아 옛 모습을 생각해보게 하는 멋진 장소인 것 같다.

LAZYPUMP

사계생활은 20년 넘게 농협으로 쓰이던 건물을 리모델링해 여행자들을 위한 공간으로 만든 곳이다. 이곳에서는 음료를 마실 수 있을 뿐 아니라 제주 작가들의 작품과 제주를 소재로 한 굿즈도 만나볼 수 있다. 입구에 있는 현금입출금기를 통과해 안으로 들어가면 진짜 농협에 왔는지 헷갈릴 정도로 재밌는 모습을 볼 수 있다. 카운터는 은행 창구 느낌을 그대로 살려놨고 음료를 주문하면 은행에서 사용하는 것과 똑같은 번호표를 받아 볼 수 있다. 금고 공간은 제주 작가들의 작품을 전시하는 갤러리로 탈바꿈했고 지점장실은 은밀한 대화를 원하는 한 팀만을 위한 공간이 되어 있었다. 2층은 마치 주주총회를 해야 할 것 같은 분위기인데 옛 모습을 그대로 보존했는지 어떤 카페에서도 볼 수 없었던 색다른 구조였다. 왠지 회사에서 잘 써지지 않던 보고서를 가져와 이곳에서 작성하면 술술 써질 것 같았다. 옥상에 가면 쌓여 있는 팔레트와 오래된 시외버스터미널에서나 볼 수 있는 의자가 있는데 예전에 얼마나 많은 직원분이 이곳에서 믹스커피와 담배로 애환을 날려 보냈을까라는 생각이 들었다. 게다가 옥상에서 볼 수 있는 선명한 산방산 뷰는 덤. 이곳은 부모님과 함께 오면 옛 생각에 정말 좋아하실 것 같았다.

사계생활
ADT

지집장실
CCTV 운영 안내

⋮ 창고를 개조한 카페(공백, 크래커스 대정점) ⋮

관광업이 성행하기 전 제주도는 넓은 바다와 산림자원을 바탕으로 일차 산업이 발달했었다. 이에 따라 섬 곳곳에 작물을 저장할 농수산물 창고가 생겼는데 세월이 흐르면서 지금은 없어지거나 안 쓰는 창고가 많아졌다고 한다. 이렇게 버려진 창고를 개조해 사장님의 감성을 가득 채워 카페로 재탄생시킨 공간들이 있다.

카페 공백은 수산 창고를 미술관 느낌의 카페로 리모델링한 곳이다. 세계적인 아이돌 그룹 BTS의 멤버 슈가의 형이 운영하는 카페로 더 유명한 이곳은 BTS 팬클럽 '아미'의 필수 관광 코스라고 한다. 처음 가면 주차장 규모에 한번 놀라고 입구에 들어서면 이곳이 창고였을 거라고 생각되지 않을 만큼 세련된 내부에 한 번 더 놀라게 된다. 밖에서 보면 작은 단층의 카페로 보이지만 주문을 하고 계단을 내려가면 넓은 메인 공간을 볼 수 있다. 좌석이 S자 모양의 곡선 형태로 특이했는데, 예쁘지만 등받이가 없어 오래 앉아 음료를 마시기에는 조금 불편했다.

멋진 바다에 이끌려 커피를 들고 밖으로 나가니 안내표지판이 있었다. 길을 따라 옆 건물의 전시관으로 갈 수 있었는데 마치 미술관에 온 기분이 들었다. 예술품에 조예가 없어 큰 감흥은 없었지만, 전시관에 나오는 노래와 분위기가 재미있었다. 공간 곳곳에 매력이 숨어있어 누군가와 함께 이곳에 온다면 많은 이야깃거리를 만들어줄 것 같았다.

나도 오늘부터 '아미'

제주의 특산품인 귤을 보관하던 창고를 개조해 만든 카페도 있다. 바로 크래커스 대정점이다. 크래커스는 제주에 한경점과 대정점 두 군데가 있는데 느낌이 사뭇 다르다. 나는 대정점이 더 기억에 남는데 카페의 외관이 마치 고인돌처럼 매우 단단해 보여 태풍이 와도 끄떡없을 것 같았다. 하지만 반전으로 보물이라도 보관해 놓은 것 같은 두꺼운 문을 열고 들어가면 부드럽고 따뜻한 공간을 만날 수 있다. 조명을 최소화해 작은 창을 통해 들어오는 빛이 카페의 메인 조명이 되어주었고 적당한 어두움은 눈을 편하게 해 주었다. 거기에 돌벽을 따라 줄지어 있는 식물들은 마음까지 따뜻하게 해주었다. 왠지 모르게 차분해져서 사람도 없었는데 친구와 목소리를 낮추고 속닥속닥 이야기했다. 비가 오거나 구름이 많이 낀 어두침침한 날의 분위기가 궁금해 그때 꼭 다시 방문해보고 싶은 카페이다.

이국적인 감성의 카페(덴드리, 아줄레주)

SNS 업로드를 자주 한다면 꼭 방문해야 하는 카페가 있다. 바로 아줄레주와 카페 덴드리이다. 이곳에 가면 제주도에서 잠시나마 유럽의 감성을 느껴볼 수 있는데, 사진을 찍으면 다른 제주 사진 스폿에서 얻을 수 없는 해외의 맛을 담을 수 있다.

아줄레주는 '광택을 낸 돌멩이'에서 유래한 말로 포르투갈 도자기 타일 작품을 뜻한다고 한다. 제주도의 작은 리스본을 모토로 한 이 카페는 에그타르트가 유명하다. 나도 그 맛이 궁금해 에그타르트를 먹어보려고 방문을 했었는데, 에그타르트보다 독특한 타일이 있는 건물에 더 반하게 되었다. 건물이 이국적이라 왠지 제주도와는 어울리지 않을 것 같았지만 전혀 그렇지 않았다. 카페가 조용한 시골 마을에 있는데 주변 풍경과 함께 어우러져 마치 유럽의 작은 도시에 있는 성당 같았다. 내부에는 벽마다 작은 창을 만들어 놓았는데 특별한 뷰는 없지만, 자리에 앉으면 멍하니 밖을 보게 되는 이상한 매력을 가진 곳이었다. 에그타르트는 오븐에서 나오자마자 김이 솔솔 날 때 먹어서 맛이 없을 수가 없었다.

덴드리는 그리스식 건축 형태로 지어진 카페로 파랗고 하얀 외관이 옛날 포카리스웨트 광고에서 봤던 그리스의 산토리니를 떠오르게 했다. 카페는 넓은 귤나무밭으로 둘러싸여 있는데 마치 지중해의 오렌지

아줄레주와 덴드리

나무로 둘러싸인 유럽의 가정집 같기도 했다. 귤나무 사이사이에는 야외 좌석이 있어서 귤과 사진도 찍고 질리도록 시간을 보내기에 좋을 것 같았다. 카페 내부에는 거대한 창이 하나 있는데, 그곳을 통해 보는 귤밭의 모습이 한 폭의 그림 같았다. '요즘 카페는 창을 정말 잘 내는구나!'라며 새삼 느꼈다. 제주에서 잠시 그리스의 맛을 느껴보고 싶다면 이곳을 찾아가 보자.

이렇게 많은 카페를 다니는 것을 보고 누군가는 내가 커피를 정말 좋아한다고 생각할 수 있다. 하지만 나는 카페인이 몸에 잘 받지 않아

이른 오전이 아니면 커피를 마시지 못한다. 게다가 커피 맛도 고소한 것과 시큼한 것 정도밖에 구별 못 하고, 카페에 가면 커피보다 주로 티나 초콜릿라테 같은 달달한 음료를 시키는 카페인 찌질이이다.

제주에는 커피가 맛있다고 유명한 집들이 많은데 나는 커피를 잘 마시지 못해 크게 흥미를 느끼지 못했다. 그런데도 카페에 얽힌 이야기 때문에 그 맛이 궁금해서 찾아가 본 카페가 두 곳이 있다. '나비 정원'과 '풍림 다방'이라는 카페이다.

'나비 정원'은 서태지 씨의 단골 카페로 제주도에 오면 커피를 마시기 위해 한 번씩 들렀다 갔던 곳이라고 한다. 얼마나 맛있으면 공항에서 한참 먼 시골인 서귀포 모슬포항까지 와서 커피를 마시는지 궁금했다. 그리고 이곳은 기계가 아닌 손으로 물을 부어가며 걸러 먹는 핸드드립 커피가 유명하다는데 핸드드립은 처음이라 호기심이 생겼다.

나비 정원이 있는 모슬포항은 관광지로 아직 발달하지 않아서 예스러운 항구의 모습을 간직하고 있다. 카페는 오래된 주택을 개조했는데 아늑한 느낌이 마치 친구 집에 놀러 온 것 같은 기분이 들게 해주었다. 핸드드립이라 그런지 커피를 내리는 데 시간이 걸려 주문을 하고 잠시 동네 산책을 했다. 커피가 나오고 처음 마주한 커피의 첫인상은 일반 커피보다 뭔가 맑고 고와 보였다. 잔뜩 기대한 채로 커피를 한입 마셨는데 역시나 였다. 커피 맛에 대해 아는 게 없는 나는 일반 프랜차이즈 커피와 차이를 느끼지 못했다. 하지만 카페인은 알차게 들어 있었는지 이날 뜬눈으로 밤을 지새웠다. 카페에 특별한 볼거리가 있진 않아서, 커피를 잘 알고 오롯이 커피를 즐기고 싶은 사람에게 제격일 것 같았다.

풍림다방은 '수요 미식회'라는 프로그램에 나왔던 커피집으로 '풍림 브레붸'라는 바닐라 크림이 듬뿍 올라간 비엔나커피를 시그니처 메뉴로 하고 있다. 동쪽의 송당리라는 마을에 위치한 이 카페는 제주에서 대기가 가장 긴 카페가 아닐까 싶다. 카페에 좌석이 많지 않고 시그니처인 '풍림 브레붸'가 TAKE OUT 되지 않기 때문에 많은 사람이 기다릴 수밖에 없는 것 같았다. 커피를 마시려 얼마나 많은 사람이 오는지 주변에 소품 숍 같은 상점들이 생기고 마을이 활기를 띠게 되었다고 한다.

풍림다방을 처음 방문한 날, 이번에는 밤을 지새우지 않기 위해 나는 '풍림 브레붸'와 같은 크림이 올라간다는 핫초코인 '쇼콜라쇼'를 시켰다. 시그니처 메뉴가 아니라 걱정도 됐지만 '쇼콜라쇼'는 기대 이상이었다. 바닐라 크림이 많이 달지 않아서 초코와 잘 어울렸고 차가운 크림이 먼저 입속에 들어온 뒤에 따뜻한 음료가 얹히는 느낌이 좋았다. '풍림 브레붸' 맛도 궁금해 친구의 것을 조금 먹어 봤는데 크림이 맛있어서 그런지 커피의 쓴맛이 거의 나질 않았다. 꾸덕하고 진한 크림은 빵에 찍어 먹어도 맛있을 것 같았다. 수제 크림을 올려 비엔나커피를 하는 곳이 제주에도 많이 생겨서 대기를 꺼리는 사람에겐 추천하지 않지만 꾸덕꾸덕한 크림과 핫초코를 좋아하는 사람에겐 대기를 뚫고 가볼 만한 곳인 것 같다.

이 외에도 코리아 바리스타 챔피언십 1위에 입상하신 바리스타가 운영하는 '트라인 커피', 강원도 강릉 시골에서 시작해 오직 커피 맛과 입소문으로 성공한 '테라로사' 등등 유명한 커피집이 많기 때문에 커피깨나 마셨다고 하는 사람이라면 제주에서 최고의 커피 맛을 찾아보는 것이 어떨까?

무슨 말을 하고 있을까?

많은 카페를 돌아다니면서 나는 카페에서 미술관을 보았다. 커피 한 잔의 입장료를 내고 카페 사장님의 감성과 철학을 구경한달까? 카페는 들어가자마자 나에게 말한다. '너 앉아서 책 읽어.', '이쪽에 앉아서 바다를 봐.', '여기서 사진을 찍어.' 사장님에게 물어보거나 이야기하지 않아도 의자와 탁자의 배치나 소품들에서 그 마음이 전달된다. 학창 시절 대학 입학을 위해 언어 시험을 대비해 공부할 때가 떠올랐다. '시를 읽고 ~부분에 화자가 의미한 바를 유추해 내시오.' 카페에도 곳곳에 이러한 문제가 숨어 있다.

보통 인테리어 소품용 책을 둔 카페에는 자기계발서나 여행에 관련된 책 등 가볍게 읽을 수 있는 것이 많았던 것 같다. 하지만 내가 갔던 한 카페는 특이하게 '건축의 이해', '어디서 살 것인가?', '건축이란 무엇인가?' 같은 책들이 꽂혀 있었다. 왜 이런 책을 두셨을까? 혹시나 해서 직원분에게 물어보니 역시나 사장님이 건축가시고 직접 건물을 지었다고 했다. 작은 힌트로 나는 카페의 사소한 공간까지 눈여겨보게 되었고 곳곳에서 사장님의 세심한 배려를 보았다.

일인 석이나 자리를 많이 띄어 프라이빗한 공간을 만들어 둔 카페에 가면, 사장님이 왠지 상대방과의 대화나 개인의 시간을 존중해주시는 분일 것 같다. 동그란 안경을 쓰고 털스웨터를 입은 채 나긋나긋 주문을 받는 사장님의 모습이 떠오른다. 아마 사장님도 다른 카페에 가게 되면 이러한 곳을 찾아다니시지 않을까? 혼자 재밌는 상상을 해본다.

우연히 찾아간 카페에 손님이 나밖에 없다면 사장님께 가볍게 물어보자. '인테리어가 정말 예쁜 거 같아요. 어떻게 이런 카페를 차리게 되셨어요?'. 웃으며 사장님이 답변해주신다면 그날은 정말 운수 좋은 날이다. 작가에게서 1:1로 작품의 해설을 들을 수 있기 때문이다. 카페에 가서 숨은그림찾기를 하듯 작은 소품에서부터 사장님의 의도나 취향을 생각해본다면 더 즐거운 카페 투어를 할 수 있지 않을까 싶다.

005

테마가 있는 여행

러닝과 바닐라라테

여행은 먹거리, 사진, 운동 등 어떠한 것이든 테마를 잡고 하면 즐거움이 배가 된다. 나는 러닝이라는 여행 테마를 가지고 있어서 어딘가로 떠날 때 뛸 것을 대비해 배낭에 운동화와 운동복을 꼭 챙겨 간다. 그리고 여행 기간 동안 하루 정도는 아침 일찍 일어나 도심 속 공원이나 해변을 달려본다. 저녁에 아무리 화려하고 시끌벅적했던 도시라도 아침에는 깨끗이 정돈된 민낯의 모습을 볼 수 있다.

러닝을 하면서 아침 일찍 하루를 시작하는 현지 사람들을 보고 다른 사람들과 함께 간격을 맞춰 달려도 보면 마치 내가 그 도시에 오래 산 주민이 된 기분이 든다. 러닝이 끝나면 마트에서 샌드위치와 주스를 사 들고 근처 공원으로 간다. 나무 사이로 보이는 도시의 조용한 아침 풍경은 며칠간 여행의 들뜸 속에 요동치던 마음을 차분하게 가라앉혀준다.

숨을 고르며 공원에 앉아 간단한 아침과 함께 그간의 여행을 정리하면 다시 여행의 첫날로 돌아온 것처럼 에너지를 얻는다. 이렇게 여행지의 아침을 온전히 느끼고 방에 돌아와 따뜻한 물로 씻으면 '여행 오길 잘했다.'라는 행복감이 온몸을 감싼다. 그래서인지 여행이 끝나고 집에 돌아오면 러닝을 했던 아침 풍경이 가장 오래 기억에 남는다.

제주도에서도 어김없이 아침 러닝을 해보았다. 제주 시내는 오르막 내리막이 많고 길이 좁아 러닝을 하기에는 좋지 않았다. 그래서 아침 일찍 자전거를 타고 산책로가 있는 도두봉 근처 해변으로 나갔다. 낮에는 자동차 엔진 소리와 관광객들의 웃음소리로 가득 찼던 해변이 아침에는 정말 고요했다. 자전거를 잠시 세워 두고 바닷바람을 맞으며 달리니 우리나라에서 멀리 떨어진 외국으로 휴가 온 기분이 들었다. 동이 트며 푸른 바다와 붉은 해가 땅따먹기하는 모습에 뜀박질을 멈추고 잠시 앉아 먼바다를 보았다. 반짝반짝 빛나는 바다가 참 아름다웠다.

제주도 바닷가 근처는 어떤 곳이든 해변을 따라 길이 나 있는 곳이 많다. 바다와 숙소가 가깝다면 러닝을 하지 않더라도 하루 정도는 아침 일찍 일어나 산책을 해보는 것을 권하고 싶다. 아침에는 저녁과 다른 새로운 풍경을 볼 수 있기 때문이다. 참고로 시내 가까이에는 도두봉 근처 무지개 해안도로와 탑동 이마트 앞쪽으로 바닷가 산책길이 잘 나 있다.

제주도에 놀러 왔던 친구 중에 특별한 여행 테마를 가지고 온 친구가 있었다. 바로 바닐라라테. 이 친구는 제주도에서 여러 카페를 가보면서 최고의 바닐라라테를 찾아보고 싶다고 했다. 나는 이 말을 듣고 미안하지만, 코웃음 쳤다. 제주도에서 바닐라라테는 뜬금없기도 하고 '시럽 넣은 커피가 뭐가 그렇게 중요하다는 거지?'라는 생각이 들었다. 바닐라라테는 커피에 시럽이나 파우더가 들어가기 때문에 온전히 커피의 향이나 맛을 느낄 수 없다고 생각했기 때문이다. 그래도 멀리 여행

온 친구의 의견을 무시할 수 없었고 우리는 바닐라라테가 유명한 카페를 급하게 찾아보기 시작했다. 폭풍 검색의 결과로 우리는 첫 방문지를 '도렐 커피'로 정했다. 여기는 특이하게도 시그니처 메뉴에 바닐라라테가 있었다. 친구는 엄청나게 들떴다. 보통 카페에 바닐라라테를 시그니처로 하는 곳은 드물기 때문이다.

친구는 카페에 도착하자마자 1초의 고민도 없이 바닐라라테를 시켰다. 주문한 음료가 나오자 친구는 냄새부터 맡았다. 나는 "와인 마시냐?"며 비웃었다. 하지만 바닐라라테를 한입 먹은 친구의 말을 듣고 너무도 놀랐다. 친구는 '이건 시럽으로 만들었는데 기존 공산품은 아닌 것 같다.'라고 했다. 이게 무슨 말인가 바닐라라테를 마치 와인의 시음평처럼 할 수 있다는 게 놀라웠다. (오타쿠 같을 수 있지만, 눈앞에서 직접 본 모습은 정말 신기했다.)

나는 친구의 말이 맞는지 궁금해서 빈 잔을 반납하면서 직원에게 바닐라라테에 어떤 것이 들어갔냐고 물어보았고 직원은 카페에서 직접 만든 시럽을 넣었다고 했다. 나는 이후에 적극적으로 친구를 도와 카페를 찾았다. 바닐라라테가 맛있는 집. 우리는 이후에 일정 사이사이마다 짬을 내 하루에 세 군데씩 카페를 다녔다. 하지만 아쉽게도 마지막 날까지 친구는 자신의 기억 속 최고의 바닐라라테보다 괜찮은 집을 찾진 못했다고 했다.

친구가 여행을 왔던 기간 동안 날씨가 좋지 않아 오름에 가는 날은 구름이 끼기도 하고 자전거를 타는 날은 너무 더워 햇볕에 살이 다 타기도 했다. 하지만 친구는 너무 재밌고 즐거웠다고 했다. 친구는 아마도 바닐라라테와 함께 좋은 추억을 가지고 돌아간 것 같았다. 내가 가끔 여행 가서 러닝을 하며 봤던 풍경과 사람을 기억하듯 친구는 바닐라라테의 맛과 향을 기억하지 않을까 싶다. 누군가에겐 사소하고 보잘것없다고 생각될 수 있는 것이 누군가에겐 여행의 중요한 이정표가 될 수도 있다는 것. 그리고 그 이정표가 여행을 더 풍족하게 만들어 줄 수 있다는 것을 알게 되었다. 당신도 제주도 여행을 시작하기 전에 자신만의 여행 테마를 생각해보는 게 어떨까?

바닐라라테 투어의 시작

제주 녹차 이야기

많은 사람이 녹차 하면 전남 보성을 떠올린다. 하지만 보성 못지않게 제주도는 녹차를 재배하기 좋은 환경을 가졌고 품질 좋은 녹차를 생산하고 있다. 제주도 날씨는 평균 온도가 높고 비가 많이 내려 녹차를 재배하기 좋다고 한다. 거기에 화산활동이 유기질 함량이 높은 토양과 배수가 좋은 암반을 만들어 녹차에 제주만의 맛과 향을 더할 수 있었다. 이러한 품질을 세계적으로 인정받아 제주도의 녹차는 중국 안후이성, 일본 시즈오카현과 함께 세계 3대 녹차 재배지로 꼽힌다고 한다.

제주에는 많은 녹차 다원과 제주산 녹차를 맛볼 수 있는 카페들이 있다. 이 중에서 단연코 가장 유명한 곳은 오설록 티 뮤지엄이 아닐까 싶다. 오설록 티 뮤지엄은 아모레퍼시픽이 녹차와 한국 전통차 문화를 소개하고 널리 보급하고자 2001년에 개관한 국내 최초의 차 박물관이다.

오설록 티 뮤지엄은 전시, 기념품 판매, 체험장 등의 공간으로 구성되어 있다. 메인 건물에는 카페와 차 판매장이 있는데 카페에서는 직접 재배한 진한 녹차 아이스크림과 각종 녹차 디저트를 먹어볼 수 있다. 그리고 차 판매장에는 여러 과일이 블렌딩 된 홍차, 커피 향이 나는 녹차 등 시중에서 보기 힘든 다양한 차들이 많은데 나는 딸기향이 나는 홍차를 지인에게 선물해 드렸더니 정말 좋아하셨다. 세계적인 디자인 공모전에서 패키지 디자인상도 받았다고 하니 제주에서 사갈 기념품을 고민하고 있다면 이곳을 들러 보는 것도 좋을 것 같다.

뮤지엄 안에는 티 클래스를 하는 공간이 따로 있는데 예약을 하면 박물관 투어와 함께 티 클래스를 체험해 볼 수 있다고 한다. 티 클래스에서는 여러 종류의 녹차를 맛보고 제주 발효차 이야기도 들어볼 수 있다고 하니 차에 관심이 있다면 미리 신청을 해보자. 조금 아쉬웠던 점은 이니스프리 매장이 티 뮤지엄이라는 콘셉트와 맞지 않게 뜬금없이 있어서 너무 상업적이라는 생각이 들었다. 그리고 산책로가 잘 조성되어있지 않고 사람들이 많아 차밭을 온전히 즐기기 힘들었다.

이러한 아쉬움을 보듬어줄 다른 장소를 찾아보다 올티스와 오늘은 녹차 한잔을 가보게 되었다. 오설록 티 뮤지엄이 사람의 손길로 세련되게 만들어 놓은 녹차 전시관이라면 올티스와 오늘은 녹차 한잔은 투박한 자연 그대로의 모습을 간직하고 있는 녹차밭이다.

해발 320고지 중산간에 위치한 녹차밭 올티스는 오름으로 둘러싸여 있어 마치 산속의 비밀스러운 공간 같았다. 정말 꼭꼭 숨어있는지 내가 갔을 때 방문객이 혼자여서 정말 여유롭게 녹차밭을 산책할 수 있었다. 저 멀리에는 진한 초록색 나무숲이 보였고 가까이에는 빽빽한 연초록색 찻잎이 보였는데 어딜 봐도 온통 초록색으로 가득 차서 눈이 정말 편안했다.

녹차밭을 한 바퀴 돌고 조금 내려가니 작은 녹차 체험관이 있었다. 원래는 홈페이지에서 '티마인드'라는 프로그램을 예약하고 시간에 맞춰 방문해야 하지만 직원분께서 멀리서 혼자 왔다고 감사하게도 차를 맛볼 수 있게 해 주셨다. 내부는 큰 장식 없이 깔끔하게 테이블과 의자만 몇 개 놓여있었고 창밖으로 넓은 녹차밭이 보였다. 옆방에서는 수확한 찻잎을 직접 가공하고 계셨는데 처음부터 끝까지 정말 수제라는 것을 느낄 수 있었다.

차도 다니지 않는 산골짜기의 고요한 체험관은 마치 절간 같았다. 창을 통해 들어오는 햇빛과 '쪼르륵' 차를 내리는 소리만이 공간을 채워주었다. 많아 보이던 녹차가 창밖을 보며 홀짝홀짝 마시니 어느덧 바닥을 드러냈다. 나는 감사의 인사를 드리고 조용히 녹차밭을 나왔다. 녹차와 함께 내 안의 소란이 씻겨 간 듯 집으로 돌아올 때 마음이 한결 차분해졌다.

마음의 평화가 필요할 땐 올티스로

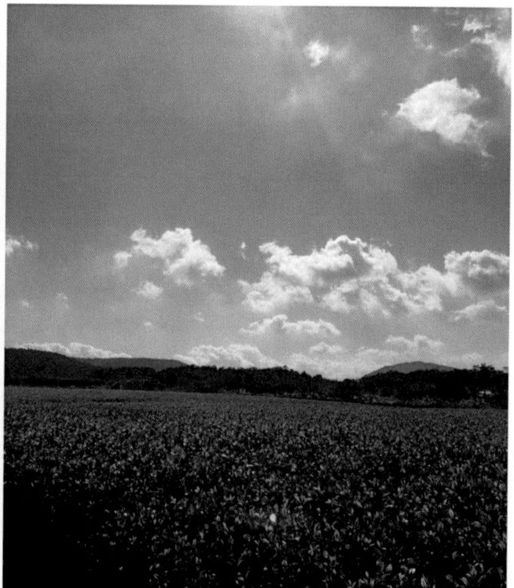

'오늘은 녹차 한잔'은 사진 포인트로 유명한 곳이다. 녹차밭 가운데에 큰 동굴이 있는데 그곳에서 사진을 찍으면 판타지 영화의 주인공 등장 장면 같은 모습이 나온다고 한다. 밝기 차이가 심하고 촬영 환경이 열악하기 때문에 사진을 제대로 남기려면 삼각대와 빛의 노출 양을 조절할 수 있는 좋은 카메라가 필수이다.

나와 친구는 사진을 찍지 않아서 감흥이 덜했는데 돌이켜 생각해보니 동굴보다 그곳으로 가는 길이 기억에 남는다. 끝이 보이지 않을 정도로 많은 녹차가 가지런히 심겨 있고 그 가운데로 곧게 난 길이 정말 예뻤다. 내가 갔던 날은 날씨가 흐렸었는데 왠지 모르게 오래된 로맨스 영화가 생각났다. 마치 영화의 한 장면처럼 비가 오는 날 나란히 우산을 쓰고 가는 풋풋한 청춘 커플의 모습이 잘 어울릴 것 같은 곳이었다.

녹차를 보는 것보다 마시는 것을 좋아한다면 카페 산노루로 가보는 것이 어떨까? 이곳은 마치 녹차를 연구하는 곳 같은 연구실 느낌의 카페이다. 카페는 가지런한 벽돌 건물 두 채로 이루어져 있는데 한 곳은 카페이고 다른 한 곳은 이곳에서 만든 녹차를 전시하고, 만드는 과정들을 보여주는 공간으로 사용하고 있었다.

카페에 들어가 메뉴를 보면 온통 녹차와 말차인데, 차도 모두 똑같은 것이 아니라 신선한 차, 부드러운 차, 상큼한 차 같이 세세하게 구분되어 있었다. 특히나 말차 메뉴가 많았는데 말차가 무엇인지 궁금해서 찾아보니 말차와 녹차는 동일한 찻잎으로 만들지만, 공정과정이 다르다고 한다. 녹차는 찻잎을 우려 마시는 것이고 말차는 찻잎을 파우더가 될 때까지 갈아서 물에 타 마시는 것으로 말차가 녹차의 에스프레소 버전 정도 된다고 한다. 카페의 디저트 메뉴에서도 온통 녹차의 향을 느낄 수 있었다. 말차 양갱, 말차 초콜릿, 말차 파운드케이크까지... 이곳은 녹차를 좋아하는 사람에게는 눈이 돌아갈 만큼 매력 있는 장소가 되어 줄 것 같다.

sannolu jeju
the finest matcha
and green tea
cafe and store.
follow the
laws of nature
jeju island.
there is no
greater beauty
than what we
can find in nature.

꽃(花)

육지에 있을 땐 거들떠보지도 않던 꽃들이 제주에 와서 눈에 들어오기 시작했다. 꽃이 피는 봄에는 제주도 곳곳에서 흐드러지게 핀 꽃을 볼 수 있는데 자주 보다 보니 정이 들었나 보다. 특히 3월의 제주도는 벚꽃으로 섬 전체가 온통 연분홍 빛깔로 물든다. 제주 시내도 벚꽃 천지라 3월의 출퇴근길에는 길가의 예쁜 벚나무들이 줄지어 마중해주는 것 같았다. 차가 잠시 신호에 멈출 때 창문을 내리고 손에 닿을 듯 가까이에 있는 벚꽃을 보면 꽃구경을 온 듯 행복했다.

벚꽃이 피는 시기에 제주도를 방문한다면 먼 곳까지 꽃구경하러 갈 필요가 없다. 도로 옆에 심겨 있는 나무들이 모두 벚나무였나? 라는 생각이 들 정도로 3~4월에는 제주 시내 어딜 가나 벚꽃을 볼 수 있다. 특히 유명한 곳은 제주대학교 앞과 제주중앙여자중학교 쪽 전농로이다. 전농로는 3월 말이면 벚꽃축제를 하는데 차량을 통제해서 도보로 자유롭게 벚꽃을 구경할 수 있다. 이외에도 애월고등학교, 한라수목원 등 벚꽃 명소가 많으니 3월에 제주 여행을 온다면 시내를 벗어나기 전에 꽃구경을 해보는 것이 어떨까?

제주 시내 벚꽃(3.26일)

3~4월에 벚꽃과 함께 제주를 알록달록 물들이는 꽃이 있다. 바로 제주의 대표적인 봄꽃인 유채꽃이다. 유채꽃은 제주 전역에서 볼 수 있는데 추위와 습기에 강하고 빨리 자라는 습성이 있어 척박한 제주 땅에 잘 맞는다고 한다. 제주도에서도 표선면의 '가시리'라는 마을이 유채꽃으로 가장 유명하다.

가시리에서는 매년 유채꽃 축제를 하는데 이 시기에 '조랑말 체험공원'을 내비게이션에 찍고 가면 가시리 최고의 유채꽃밭을 볼 수 있다. 샛노랗게 물든 넓은 유채꽃밭과 빙글빙글 돌아가는 풍차는 우리나라가 맞나 싶을 정도로 이국적인 모습을 자아낸다. 그뿐만 아니라 유채꽃밭으로 가는 길인 녹산로는 한국의 아름다운 길 100선에 선정된 곳으로 10km에 달하는 길이 유채꽃과 벚꽃으로 꽃물결을 이룬다. 이 길을 따라가면 노랗고 하얀 꽃들이 눈앞을 가득 메워서 조수석에 앉은 사람은 카메라를 놓을 수가 없다. 아름다운 풍경에 몇 번을 멈췄다가 가다 보면 목적지에 가지도 못한 채 해가 져버릴 수도 있다.

가시리 유채꽃(3월 8일)

친구와 함께 서귀포 남단을 여행하던 중 날씨가 너무 흐려 오름을 올라갈 수 없고 바다를 보러 가기도 애매한 그런 날이 있었다. 그때 어디선가 흘리듯 들었던 4월쯤 한다는 가파도 청보리 축제가 떠올랐고 '꽃은 날이 흐려도 예쁘겠지'라는 생각에 즉흥적으로 가파도에 가는 배에 몸을 실었다. 가파도는 날씨가 흐림에도 본섬에서 보일 만큼 가까웠다. 운진항에서 배를 타고 약 10분 정도 만에 가파도 선착장에 도착했는데 하늘이 도왔는지 배에서 내릴 때쯤 안개가 걷히기 시작했다. 우리는 기분 좋게 청보리와 첫 만남을 했다.

사실 가파도에 가기 전에는 청보리가 예쁜 꽃을 피우는 것도 아니고 화려한 색을 가진 것도 아니어서 시골에서 봤던 보리밭을 떠올리며 큰 기대를 하지 않았다. 하지만 눈 앞에 펼쳐진 청보리밭이 그러한 편견을 단번에 깨 주었다. 너무 아름다운 모습에 우리는 '오길 잘했다.'라고 연신 쑥덕대며 청보리 모습에 반해버렸다. 넓게 펼쳐진 초록색 보리밭은 솜털이 삐죽 나온 초록 융단 같았다. 보리가 길쭉길쭉해서 바람을 따라 이리저리 움직였는데 그 모습이 마치 꼬리를 살랑살랑 흔드는 강아지 같았다.

가파도는 아직은 관광지로 많이 알려지지 않았는지 고즈넉한 섬마을의 옛 모습을 간직하고 있었다. 마을 중간중간 빨갛고 노란 알록달록 지붕은 풍경에 즐거움을 더해주었다. 설렁설렁 산책하다 보니 몇 시간이 훌쩍 지나갔고 우리는 가파도 여행에 만족하며 운진항행 마지막 배를 타고 돌아왔다.

가파도 청보리(5월 4일)

제주도의 남쪽에 있는 섬으로 대부분의 사람은 마라도만 생각하지만, 마라도 바로 위쪽에 가파도라는 섬이 있다. 조선 시대 가파도는 지형이 평탄하고 풀이 많이 자라 왕에게 바칠 소를 키우기 위한 섬으로 이용되었다고 한다. 모슬포와 마라도 중간에 위치한 가파도는 그동안 마라도를 찾는 수많은 관광객이 쳐다만 보고 가는 소외된 섬이었고, 이에 주민들은 가파도를 널리 알리기 위해 2009년부터 보리밭 경관을 활용해 청보리 축제를 개최하기 시작했다고 한다. 가파도의 청보리밭은 18만 평으로 섬의 면적의 절반 이상을 덮을 정도로 광대하다. 또한, 가파도 청보리는 제주의 향토 품종으로 다른 지역의 보리보다 2배 이상 크게 자라나 바람이 조금만 불어도 푸른 물결이 굽이치는 장관을 볼 수 있다고 한다.

결혼식 부케로 많이 쓰는 수국은 조금만 건조해져도 바로 말라버리는 연약한 꽃이다. 하지만 물속에 담가 두면 한 시간이 채 지나지 않아 다시 살아나는데, 어떤 사람은 이 모습을 마치 '나를 봐달라고 시위하는 것 같다.'라고 표현하기도 했다. 이러한 연약한 모습과 반대되게 온도와 양분이 적합한 환경에서는 다른 어느 꽃보다도 오랜 시간 피어 있는데, 부케로서의 수국은 항상 서로에게 관심을 가지고 오랫동안 사랑을 유지하라는 의미를 담고 있지 않을까?

수국이 피는 6월, 제주도에 오면 곳곳에서 활짝 핀 꽃을 마주할 수 있다. 수목원들은 너도나도 수국 축제를 하고 카페나 식당의 정원에도 작은 수국 파티가 열린다. 수국은 드넓은 평야를 가득 채우는 그런 꽃은 아니지만, 제주도 구석구석에서 소소한 즐거움을 주는 꽃인 것 같다. 나는 수국을 보기 위해 명소를 찾아다니지 않았지만, 사진을 정리하다 보니 6월 사진 곳곳에서 수국의 모습을 발견할 수 있었다. 도롯가에 핀 수국을 보고 무심히 지나친 적이 많았는데 다음에 또 만나게 된다면 오래오래 필 수 있도록 더 많은 관심을 주어야겠다.

6월의 수국

제주도의 유명한 수국 명소로는 혼인지, 종달리 수국길, 안덕면사무소 앞 정도가 있다.

돌이 많고 바람이 많이 불어 농사가 잘되지 않았던 척박했던 제주의 땅. 이곳에서 잘 자라 준 작물이 있었는데 바로 메밀이다. 불량환경에서도 잘 자라 주어 메밀은 예로부터 제주에 흉년이 들 때면 주식으로 사용되는 구황작물이었다고 한다.

나는 넓은 정원이 있는 카페 겸 영농 체험장 '보롬왓'에 갔다가 우연히 메밀꽃을 보게 되었다. 학창 시절 교과서에 꼭 실려있던 이효석의 단편소설 '메밀꽃 필 무렵' 덕분에 나에게 메밀꽃은 이름만은 정말 익숙한 꽃이었다. 하지만 메밀꽃을 메밀꽃이라고 알고 본 것은 이번이 처음이었다.

소설 '메밀꽃 필 무렵'에는 '산허리는 온통 메밀밭이어서 피기 시작한 꽃이 소금을 뿌린 듯이 흐븟한 달빛에 숨이 막힐 지경이다.'라는 구절이 있다. 소설가는 메밀밭을 소금 가루 들판에 비유했었는데 실제 모습을 보고 '정말 이 이상의 표현을 할 수 있을까?'라는 생각이 들 정도로 찰떡이었다. 하얀 꽃들이 초록 들판을 뒤덮고 있는 모습은 정말 하늘에서 누군가 소금을 한 움큼 뿌린 것 같았다. 빛이 없어도 반짝반짝 빛날 것 같은 새하얀 메밀밭이 밤에 달빛을 받으면 어떻게 변할지 궁금했다. 다음에는 나도 소설의 주인공처럼 달이 밝은 어느 저녁에 메밀꽃밭 사이를 걸어봐야겠다.

9월의 메밀밭

9월이 되면 메밀밭을 제주 전역에서 볼 수 있는데 오라동 메밀꽃밭은 그중에 가장 크고 풍경이 좋아 매년 메밀꽃 축제를 한다. 25만 평 규모의 거대한 메밀밭이 평지가 아닌 중산간에 자리해있어 뻥 뚫린 전망과 함께 아름다운 풍경을 연출한다고 한다. 구름과 나란히 서서 새하얀 메밀밭뿐만 아니라 제주 시내도 조망할 수 있다고 하니 축제 기간에는 이곳을 가보는 것도 괜찮을 것 같다.

요즘 SNS에서 핫하다는 핑크뮬리밭을 제주도에서도 볼 수 있다. 핑크 뮬리는 초지나 공유지가 아닌 개인이나 기업이 운영하는 카페에 관상용으로 심어 놓은 경우가 많기 때문에, 핑크뮬리를 보기 위해서는 대부분 입장료를 준비해 가야 한다. 나는 한 번도 보지 못했던 식물에 대한 궁금증으로 핑크뮬리로 유명하다는 카페 글랜코에 가보았다.

카페 글렌코에는 거대한 정원이 있는데 그중에서도 거대한 핑크뮬리밭은 인생 포토스폿으로 입소문을 타서 가을에는 북적이는 사람들로 발 디딜 틈이 없다고 한다. 음료를 주문해야 정원에 입장할 수 있는데 내가 갔을 때는 커피를 주문하려는 사람이 너무 많아서 줄을 한참 서야 했고 내부에는 앉을 수가 없었다.

음료를 받아 정원에 들어가니 입구부터 거대한 핑크뮬리밭이 보였다. 주차장에서부터 슬쩍 보이긴 했지만 가까이에서 보니 더 넓어 보였다. 규모만은 제주에서 봤던 핑크뮬리밭 중에 가장 넓은 것 같았다. 곳곳에 웨딩촬영을 하는 사람들도 있었고 커플이든 싱글이든 모두 사진 찍기 바빠 보였다. 하지만 꽃에 경계를 쳐놔 핑크뮬리 속으로 들어가지 못하고 사람들이 너무 많아 마음껏 돌아다니지 못했던 것은 조금 아쉬웠다. 카페 글렌코 이외에도 북촌에 가면, 카페 새빌 등에도 핑크뮬리밭이 있으니 10월에 제주도에 온다면 잠시 목도 축일 겸 핑크뮬리를 보러 가보는 것도 좋을 것 같다.

10월의 핑크뮬리

꽃에서 보기 드문 따뜻한 분홍색을 가졌다는 것과 꽃이 많이 져가는 가을에 핀다는 점은 핑크 뮬리만의 큰 매력인 것 같다. 그리고 화려한 것 같으면서 톤 다운된 색이 주인공을 빛나게 해주어 멋진 사진을 찍을 수 있게 해준다. 하지만 카페의 울타리 안 정원에 빼곡히 심겨 있는 핑크뮬리의 모습은 살아있는 꽃이 아닌 전시품 같았다. 사진 찍는 것을 좋아하지 않아서 그럴까? 눈으로만 보기에는 나에겐 동백꽃이나 유채꽃 같은 꽃이 더 아름다웠다.

제주도의 겨울은 조금 쓸쓸하다. 파라솔로 가득 찼던 해변은 텅 비어있고 사람들이 줄지어 올라가던 오름길에도 낙엽이 쌓인다. 하지만 이렇게 외로운 겨울에 어두워진 제주를 밝게 수놓으며 활기를 불어넣어 주는 것이 있는데 바로 동백꽃이다.

제주도에서 처음으로 꽃을 보기 위해 수목원에 간 적이 있다. 날씨가 추워지고 바람이 많이 불면서 카페나 실내 관광지만을 주로 다니던 때에 카멜리아 힐은 가뭄 속의 단비 같은 곳이었다. 카멜리아 힐은 해석하면 이름부터 동백나무 언덕으로 동양에서 가장 큰 동백 수목원이라고 한다. 동백나무는 우리나라 남쪽 지방에서만 주로 볼 수 있는데 다른 꽃들이 다 지고 난 추운 계절에 홀로 피어 사랑을 듬뿍 받는다고 한다.

동백꽃은 정말 꽃 하면 딱 생각나는 그런 이미지를 가지고 있는 것 같다. 분홍색, 흰색, 붉은색 등 화려하고 넓은 꽃잎을 가진 동백꽃은 '곱다'라는 말이 너무 잘 어울렸다. 가끔 어머니들의 카카오톡 프로필 사진에서 꽃을 확대한 사진을 본 적이 있는데 나도 늙은 것인가? 그 마음이 이해됐다. 이 아름다운 모습을 친구들과 공유하고 싶고 같이 와서 보여주고 싶었다. 제주를 떠나더라도 앞으로 찬 바람이 부는 겨울이 오면 칙칙했던 내 마음을 밝게 수놓아준 제주도 동백이 가끔은 생각날 것 같다.

카멜리아힐 동백꽃(12월 13일)

10월 말 ~ 11월 초 억새와 핑크 뮬리가 시들어가고 동백이 피기 전 제주도에 와서 아무런 꽃도 보지 못했다고 서운해하지 않아도 된다. 동백으로 제주도를 붉게 물들이기 전 예열이라도 하듯 주황빛으로 제주도를 따스하게 감싸주는 단풍이 있기 때문이다.

제주에는 *곶자왈이 많아서 단풍이 우거진 숲을 찾기가 힘들다. 그래서 육지처럼 화려한 단풍축제를 하진 않지만 소소하게 가을을 즐길 장소들이 구석구석 있다. 그중에 단풍을 좋아하는 제주도민들이 이 시기만 되면 꼭 찾는 장소가 있는데 바로 천아숲길이다.

천아숲길의 단풍나무는 물이 마른 계곡을 따라 줄지어 있는데 하얀 바위들이 붉은 단풍을 돋보이게 해주는 것 같았다. 매일 새파란 바닷길만 걷다가 붉게 물든 숲길을 걸어보니 기분이 색달랐다. 걷다보니 따뜻한 단풍이 올해도 얼마 남지 않았다는 생각에 쓸쓸하고 허해진 나의 마음을 부드럽게 달래주는 것 같았다.

한라산 둘레길 중의 한 곳인 천아숲길은 천아수원지에서 돌오름까지 약 10.9km 구간이다. 이 중에 단풍이 가장 풍성한 곳은 천아수원지 쪽 천아숲길 입구부터 약 1.5km 정도로 단풍만 보기 위해 간다면 끝까지 갈 필요는 없다. 하지만 짧은 구간을 가더라도 돌길이 많고 경사가 급해 운동화는 필수이다.

*곶자왈= 제주말로 숲을 뜻하는 '곶'과 가시덤불을 뜻하는 '자왈'이 합쳐져 만들어진 글자로 화산지형에서 나무와 덩굴식물 등이 뒤섞여 원시림을 이룬 곳. 곶자왈은 덩굴과 북방한계 식물, 남방한계 식물이 공존해서 울창한 단풍 숲을 보기는 힘들다.

인터넷을 조금 더 찾아보면 섬 전체가 정원인가 싶을 정도로 코스모스, 튤립 등 다양한 꽃들을 제주에서 볼 수 있다는 것을 알 수 있다. 상효원, 한림공원, 휴애리자연생활공원 같은 수목원에서는 약간의 입장료만 내면 언제 가도 계절에 어울리는 꽃들을 구경할 수 있다. 꽃을 좋아하는 사람이라면 보고 싶은 꽃의 개화 시기에 맞춰 제주도를 방문해보는 것을 추천한다.

천아숲길 단풍(11월 9일)

006

우도

우 도

소가 누워있는 모습을 닮았다고 해서 우도(牛島)라는 이름을 가진 이 섬은 제주 속의 작은 제주라는 별명을 가지고 있다. 잘 보존된 돌담과 옛 가옥들이 오래전 제주 풍경을 많이 닮았다고 한다. 게다가 작은 섬 안에 꾸역꾸역 오름과 해변이 들어가 있어 정말 제주도의 축소판이라는 말이 잘 어울리는 것 같다. 섬 안에서 길을 따라 돌아다니다 보면 자연과 전통마을이 어우러진 옛 제주도의 모습이 머릿속에 그려진다.

우도의 크기는 여의도의 약 3배 정도로 제주의 부속 도서 중에 가장 크다고 한다. 섬을 한 바퀴 도는 거리는 12km 정도로 하루 만에 걸어서 돌아보기에는 조금 무리가 있다. 가파도나 마라도를 생각하고 무작정 걸어서 출발했다가는 본섬으로 돌아오는 배를 놓칠 수도 있다. 구석구석 생각보다 볼거리가 많아서 당일치기로 온다면 최소한 점심시간 전에 배를 타는 것을 추천한다. 특히나 소머리오름(우도봉)까지 올라가 보려면 오전 일찍 출발하는 배를 타야 조금은 여유롭게 우도를 돌아볼 수 있지 않을까 싶다.

우도는 동쪽의 성산 일출봉 뒤쪽에 떠 있는 섬으로 성산포항에서 여객선을 타면 15분이면 닿는 가까운 거리에 있다. 우도에는 매년 약 200만 명의 관광객이 방문한다고 하는데 성수기에는 30분 간격으로 있는 배에 앉을 자리가 없을 정도로 많은 사람이 우도로 향한다. 방문자가 많아지면서 상업적 가치를 본 외지인들이 우도에 카페나 식당을 곳곳에 차렸고, 최근에는 거대한 리조트 공사까지 시작되면서 우도에 큰 변화가 생기고 있다. 자연환경이 파괴되고 옛 모습을 잃어가는 모습에 많은 사람이 걱정하고 반대했지만 이미 상당히 진행되어 버린 바에 나는 앞으로 우도가 좋은 방향으로 변하길 기도해본다.

멀리 보이는 우도봉 밑 리조트 공사 모습

우도에 도착해 배에서 내리면 가장 먼저 눈에 띄는 것은 알록달록 자전거와 전기 삼륜차들이다. 마음에 드는 디자인이 있는 가게로 들어가 렌트를 하고 나면 우도 여행이 시작된다. 여름에는 시원한 바닷바람을 맞으며 자전거를, 겨울에는 찬 바람을 피해 가림막이 있는 전기차를 많이 탄다. 나는 제주도에서 삼륜 전기차를 처음 타봤는데 땅의 감촉을 온전히 느낄 수 있을 만큼 승차감은 좋지 않았지만, 내부는 히터도 나오고 보기보다 안락했다. 운전법도 간단해서 차라고는 놀이동산의 범퍼카 정도만 타봤던 사람이라도 금방 적응할 수 있을 것 같았다. 자전거나 차를 받고 어디로 가야 할지 고민이 된다면 일단 해안도로를 따라 시계방향으로 출발하자.

혹시라도 자전거나 삼륜 전기차 같은 것을 타기 힘든 사람들은 우도를 순환하는 관광버스를 이용할 수도 있다. 참고로 제주 본섬에서 렌트한 차를 우도에 가지고 들어가려면 여러 조건이 있기 때문에 잘 확인을 해야 한다.

우도에는 하고수동 해수욕장, 검멀레 해변, 산호 해수욕장(서빈백사) 이렇게 유명한 3개의 해변이 있다. 해수욕장이라고 하지만 내가 본 우도의 해변들은 물놀이를 하기보다 예쁜 관상용 해변에 가까운 것 같았다. 본섬에 비하면 해변이 그다지 넓지 않기도 하고, 숙소를 우도에 잡지 않는 이상 물에 선뜻 들어가기 어려울 것 같았다. 그래서인지 여름에도 물놀이를 하는 사람이 많지 않았다.

하고수동 해수욕장은 해변 뒤쪽으로 카페와 식당들이 늘어져 있는데 그 모습이 본섬 월정리 해수욕장의 축소판 같았다. 물이 맑고 예쁜 에메랄드빛을 띠어 바다가 보이는 카페에 앉아 잠시 쉬었다 가기 좋았다.

산호 해수욕장은 홍조단괴(홍조류의 퇴적작용에 의해 형성된 알갱이)로 이루어진 해변으로 학술 가치가 높아 천연기념물로 지정되었다고 한다. 실제로 가서 보면 해변의 자갈이 알갱이가 크고 하얘 '우와' 하며 신기하게 바라보게 된다. 하지만 그러한 감탄은 잠시뿐이었고 서빈백사에서 나에게 더 기억에 남은 것은 해변에서 멀리 보이는 본섬의 모습이다. 제주도 바깥에서만 볼 수 있는 해안선과 그 위로 한라산과 함께 올록볼록 솟아있는 여러 오름의 모습이 정말 예뻤다.

산호 해수욕장과 홍조단괴

검멀레 해변은 우도봉의 협곡 속에 자리 잡고 있는데 해변이 있는 절벽이 후해 석벽(바다를 등지고 솟아 있는 바위 절벽)이라고 해서 우도 8경 중에 하나로 꼽힌다고 한다. 검정 모래와 절벽이 그러데이션을 그리듯 어우러져 멋졌지만 '과연 이곳에서 해수욕하는 사람이 있을까?'라는 생각이 들었다.

제주에는 동쪽과 서쪽에 비양도가 각각 하나씩 있다. 협재해수욕장에서 보이는 서쪽 비양도는 배를 타야 들어갈 수 있으며 일몰의 모습에 아름다움을 더해주는 곳으로 유명하다. 동쪽의 비양도는 우도에 붙어 있는 섬으로, 우도에서 150m 정도 되는 짧은 다리를 통해 육로로 들어갈 수 있다.

우도에 있는 비양도는 정말 작은 섬으로 주민은 살지 않고 상업용 건물만 두어 채 있을 뿐이다. 처음 들어가면 '에게 이게 섬이라고?'라는 말이 나올 수 있지만, 이곳은 캠핑족에게는 성지이자 일출 맛집으로 소문이 나 있다고 한다. 비양도 안에는 바다 앞 넓은 초지가 있어 캠핑하기 좋고 제주도의 동쪽 끝단으로 해를 가장 먼저 마주할 수 있다. 해가 좋은 날 우도에 들어간다면 돗자리와 캠핑 의자 같은 가벼운 장비를 챙겨서 비양도에서 맛보기 캠핑을 해보는 것이 어떨까?

시계방향으로 섬을 여행한다면 비양도를 지나 소머리오름(우도봉)에 도착할 때쯤이면 몸도 나른하고 해가 서쪽으로 많이 기울었을 것이다. 하지만 우도봉에 오르기로 했다면 포기하지 말고 우도의 명물, 달달한 땅콩 아이스크림을 하나 먹고 힘을 내보자. 바닐라 맛 투게더 아이스크림에 땅콩가루를 뿌린 듯한 맛으로 기대했던 것보단 평범했지만 지친 몸에 당을 보충하기에는 딱 좋았다.

우도봉 주차장에 차를 대고 길을 따라 올라가면 바람의 언덕과 우도봉 정상, 우도 등대까지 모두 들러볼 수 있다. 길이 잘 정비되어있지만, 경사가 급하고 바람이 많이 불기 때문에 운동화와 모자를 챙기는 것이 좋다. 그리고 정상을 들러 우도 등대까지 가려면 왕복 2시간은 잡아야 해서 여분의 시간을 넉넉히 두고 방문해야 한다. 여유가 없다면 바람의 언덕까지만 가도 우도와 제주도를 한눈에 담을 수 있는 멋진 경치를 볼 수 있기 때문에 잠깐이라도 우도봉은 꼭 들러보는 것을 추천하고 싶다.

밥도 먹고 커피도 한잔 마시면서 여유롭게 섬을 한 바퀴 돌다 보면 어느새 시간이 훌쩍 지나있을 것이다. 제주 본섬으로 출발하는 마지막 배 시간이 가까워지는 오후 5시쯤 되면 섬은 정말 조용해진다. 왁자지껄하던 해변의 식당과 카페는 외부 좌석을 정리하며 마감 준비를 하고, 자전거와 전기차로 북적대던 도로도 텅 비게 된다. 나는 잠깐이었지만 그때의 고요한 시간이 너무 좋았다. 낮에는 들리지 않던 파도 소리에 귀 기울일 수 있었고, 보이지 않던 평화로운 마을의 일상이 눈에 들어왔다.

나는 짧았던 그 시간이 너무 아쉬워서 어둡고 조용한 우도의 밤을 느껴보고 싶어졌다. 그리고 나만의 여행 테마인 러닝을, 제주에서 가장 먼저 뜨는 해를 보며 비양도에서 해보고 싶다는 생각도 들었다. 다음을 기약하며, 돌아오는 배에서 핸드폰을 꺼내 '우도에서 1박하기'라는 새로운 버킷리스트를 작성해 놓았다.

우도에는 유명한 명승지나 사진 포인트가 있는 것도 아니고 엄청난 맛집이 있는 것도 아니다. 그래서인지 우도를 신나게 한 바퀴 돌고 본섬으로 돌아가는 배에서 여행을 돌아보면 딱히 기억에 남는 장소가 없을 수도 있다. 하지만 사진첩에는 어딘지 모를, 이름 없는 장소들에서 찍은 아름다운 모습들이 많이 담겨 있을 것이다. 어쩌면 우도를 여행하는 모든 순간이 너무 아름다워서 기억에서 콕 집어 찾지 못하는 것이 아닐까.

꼭 다시 올게. 우도!

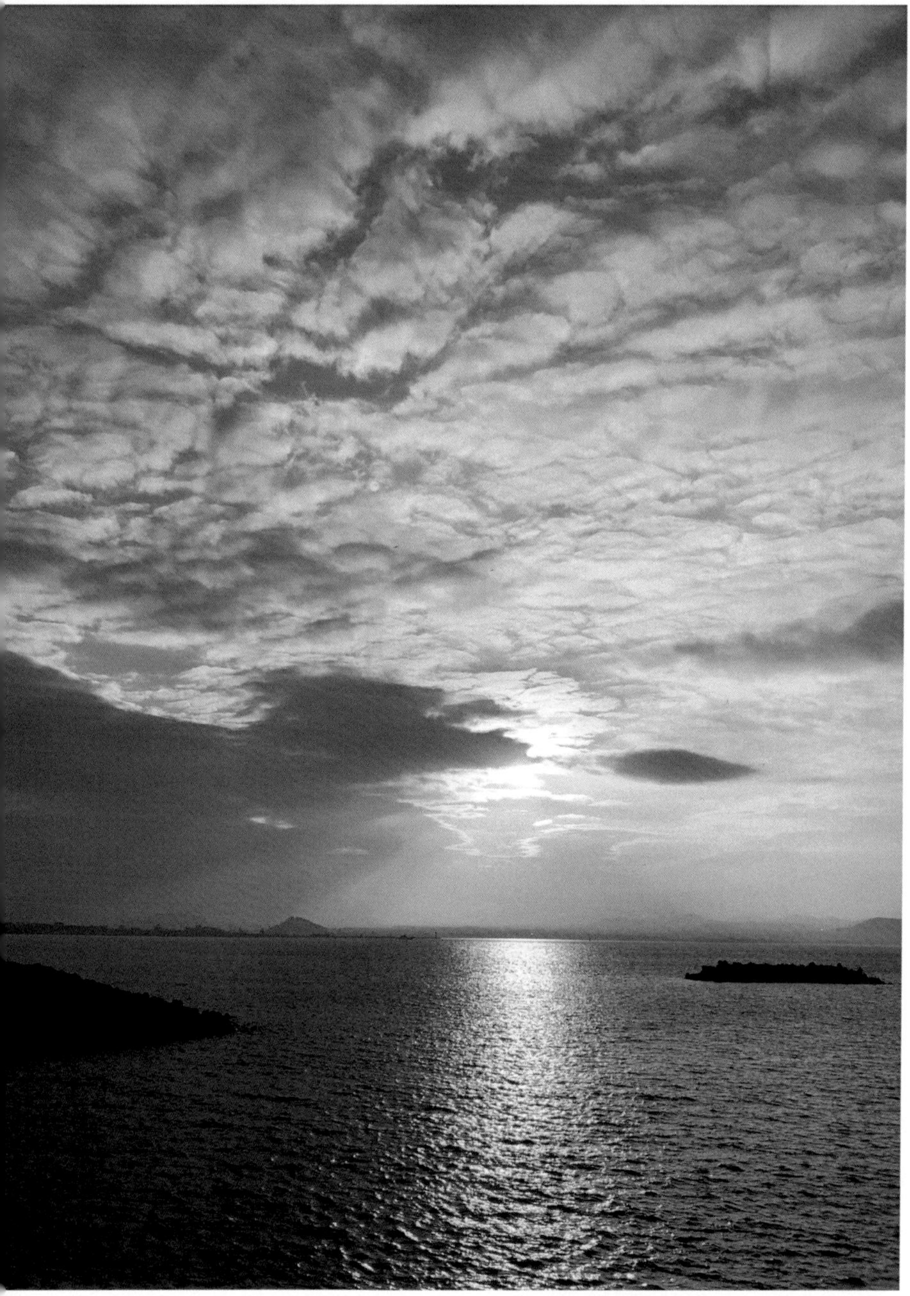

빨간 점은 우도로 들어오는 항구로 배 시간에 따라 하우목동항과 천진항 중 한 곳으로 오게 된다. 우도봉을 가장 마지막 코스로 넣을 수 있도록 시계방향으로 우도를 도는 것을 많은 사람이 추천하는데 하우목동항으로 우도에 들어왔을 때는 산호해수욕장(서빈백사)만 잠깐 들렀다가 다시 시계방향으로 여행을 하는 것도 괜찮다. 파란 점은 우도의 대표적 관광지들로 왼쪽의 서빈백사 해수욕장부터 시계방향으로 하고수동 해수욕장, 비양도, 검멀레 해변, 우도봉이다. 우도의 안쪽은 주민들이 거주하는 공간으로 학교와 마트 등이 있다. 우도에서 숙박하는 게 아니라면 섬의 안쪽으로 들어갈 일은 거의 없을 것이다.

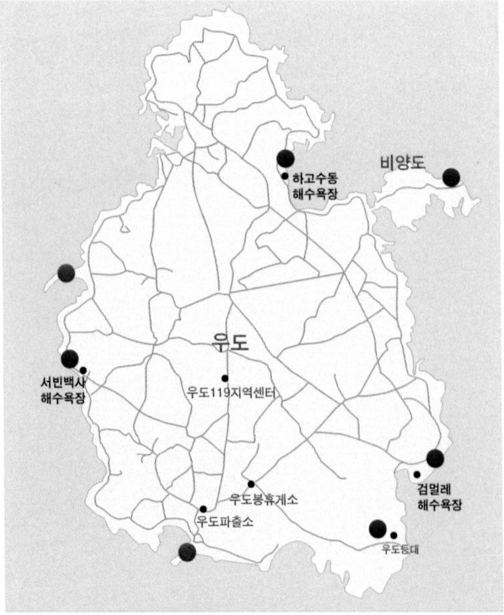

007

비 오는 날의 제주

비 오는 날의 제주

제주도를 여행할 때 가장 큰 적은 날씨가 아닐까 싶다. 바다와 산 등 야외 관광지가 많은 제주에서 바람이 불거나 비가 올 때는 갈 수 있는 장소들의 선택지가 줄어든다. 나도 친구가 놀러 왔을 때 날씨가 안 좋으면 어딜 가야 할지 몰라 인터넷에 '비 오는 날 제주 갈 만한 곳'이라고 검색을 한 적이 많다. 나 혼자라면 그냥 집에서 쉬었겠지만 멀리서 온 친구에게 그냥 숙소에서 쉬라고 말할 수 없는 노릇이었다. 그렇다고 온종일 카페만 주야장천 돌아다닐 수도 없었기에 여러 가지 체험도 해보고 몇몇 박물관과 숲길을 가보았다. 생각보다 좋았던 곳들이 많아서 기억을 더듬어 비가 오는 날 제주에서 할 만한 일들을 정리해보았다.

비 오는 날에는 막걸리에 파전이 생각나고, 어두컴컴 우중충한 날에는 내 마음을 맑게 닦아주듯 알코올이 유독 부드럽고 달달하게 느껴지는 사람들이 있을 것이다. 제주에는 소주, 맥주, 막걸리, 와인, 브랜디까지 다양한 지역 술이 있다. 그중 가장 유명한 것을 굳이 세 손가락에 꼽아보자면 한라산소주, 제주맥주, 우도땅콩막걸리가 아닌가 싶다.

한라산소주는 무려 70년의 역사를 가진 제주 향토 기업으로 제주도에서는 어느 식당에 가도 음료 쇼케이스 가장 앞줄에서 한라산소주를 만나볼 수 있다. 한라산소주는 화산섬인 제주도에서 나는 깨끗한 암반수를 사용해서 만드는데, 물이 좋아서 그런지 어떤 사람들은 한라산소주가 일반 소주보다 부드럽고 달다고 한다. 요즘엔 인기가 많아져서 육지에도 한라산소주를 볼 수 있는 곳이 많아졌고 한라산소주와 토닉워터를 섞어 마시는 '한라 토닉'을 파는 가게까지 하나둘 생기고 있다.

제주맥주는 2017년 첫 제품을 출시한 신규 브랜드로 한라산소주에 비하면 신생아에 불과하다. 하지만 위트 있는 디자인과 개성 있는 맛으로 매년 엄청난 성장을 거듭했고 단기간에 국내 맥주 브랜드 TOP 5까지 올라왔다고 한다. 제주 맥주는 제주에서 탄생한 브랜드답게 이곳에서 많이 접할 수 있는 음식인 회와 흑돼지에 잘 어울리는 맥주를 만들었다고 한다. 디자인이 무척 제주스러워서 편의점 진열대나 식당의 음료 냉장고에서 이 맥주를 마주하게 되면 안 마셔보고는 못 배길 것이다.

제주에는 생유산균 막걸리와 귤 막걸리, 땅콩 막걸리 등 전통방식으로 만드는 지역 막걸리가 있다. 도민들의 최애 막걸리는 생유산균 막걸리이지만, 여행자들이 가장 많이 찾는 것은 우도땅콩막걸리인 것 같다. 땅콩 막걸리는 제주도 내 마트나 술집에서 쉽게 만나볼 수 있는데 주의해야 할 점은 땅콩만 우도에서 가져가 육지에서 만드는 막걸리와 우도에서 만드는 막걸리가 다르다는 것이다. 어떤 것이 더 맛있다고 말하기는 힘들지만 내 입맛에는 우도에서 만든 땅콩 막걸리가 조금 더 부드럽고, 고소하게 느껴졌다.

그리고 유산균 막걸리처럼 생(生)이라는 글자가 붙어있는 생막걸리가 있는데 이것은 살균 열처리를 하지 않아 효소와 유산균이 살아있어 청량감이 좋고 신선한 맛을 느낄 수 있다고 한다. 하지만 생(生)막걸리는 쉽게 상하기 때문에 유통기한이 2주 정도로 짧아 그 지역이 아니면 맛보기 힘드니 오리지널 제주 전통 막걸리를 맛보고 싶다면 막걸리를 사기 전에 생산지와 생(生)자를 확인해보자.

제주맥주와 한라산소주는 술뿐만 아니라 관광객에게 재미난 체험도 제공하고 있다. 제주의 서쪽 한림읍에는 한라산 소주와 제주 맥주 공장이 있는데 예약을 하고 가면 가이드와 함께 공장을 둘러보는 투어 프로그램에 참여할 수 있다. 술을 만드는 과정을 보고 듣고 느끼며 마지막엔 시음도 할 수 있어 술을 좋아하는 사람들에게는 오감으로 맥주와 소주를 접해볼 좋은 기회이다.

나는 평소 술을 잘하지 못해 이러한 체험이 있는지도 몰랐는데, 술을 좋아하는 한 친구 덕분에 제주맥주 공장 투어를 함께 가볼 수 있었다. 공장에서 투어를 진행한다고 해서 조금은 너저분할 거라 생각했지만 도착하자마자 반짝반짝 깨끗한 체험관을 보고 깜짝 놀랐다. 우리는 내부 펍에서 맥주를 한잔 마시며 잠시 기다렸다가 가이드님 한 분과 10명 정도가 모여 투어를 진행했다.

투어를 진행하는 동안 가이드님이 술과 양조 과정에 대해 알찬 내용들을 쉽게 설명을 해주셔서 귀에 쏙쏙 들어왔다. 1시간의 짧은 투어였지만 맥주가 만들어지는 원리와 맥주의 종류 등에 대해 얕게나마 배워볼 수 있었고 중간중간 맥주를 맛있게 마시는 팁 같은 재미있는 이야기도 들을 수 있었다. 술에 대한 지식이 거의 전무하고 맛도 잘 모르는 문외한인 나에게도 너무 재밌는 시간이었다. 투어를 하고부터는 제주맥주를 마실 때 이 맥주에 무엇이 들어갔고 어떻게 만들어졌는지 알고 마실 수 있어서 왠지 맥주가 더 맛있게 느껴졌다.

제주맥주는 신생기업이라 그런지 홍보를 위해 투어 프로그램에 힘을 많이 줬다고 한다. 공장 안 체험관에서는 여러 가지 굿즈도 팔고 있었고 시설도 깨끗했다. 거기다 투어를 진행하시는 가이드님도 전문적이셨고 체험하는 루트도 체계적으로 느껴졌다. 특히 양조장 내부 펍이 따로 술집으로 운영해도 좋을 만큼 잘 꾸며져 있었다.

하지만 조금 아쉬웠던 점은 공장이 외진 곳에 있어 운전해서 오는 경우가 많을 텐데 운전자는 신선한 생맥주를 맛볼 수 없다는 것이다. 나도 운전 때문에 맥주를 마시지 못했었는데 다음에 맥주를 좋아하는 친구가 온다면 그때는 택시나 버스를 이용해 꼭 다시 한번 방문하려고 한다. 그리고 실제로 운영 중인 공장을 돌아보는 프로그램이라 투어 시간과 날짜가 많지는 않다. 따라서 방문 전에 투어 시간에 맞춰 일정을 잘 조율해야 한다.

비가 오는 날 여행의 계획이 틀어졌다고 너무 슬퍼만 하지 말자. 그날은 나의 이성의 끈을 잠시 놓아주는 날로 정해 일정을 줄이고, 양조장 투어도 하고 여러 제주 지역 술을 맛보며 술 소믈리에 체험을 해보는 것이 어떨까? 맛있는 안주도 준비하고 종류별로 술을 사서 일찍 숙소에 들어가 좋은 사람 혹은 좋은 책, 영화와 함께 하루는 온전히 취해보는 것도 나쁘지 않을 것 같다.

제주도에는 유독 박물관과 미술관이 많다. 국립제주박물관, 민속자연사박물관, 해녀박물관 같은 곳에서는 제주의 깊은 속살을 볼 수 있고 취향에 따라 자동차 박물관, 초콜릿 박물관, 커피 박물관 같이 특별한 테마가 있는 박물관에 가볼 수도 있다.

하지만 나는 예술작품에 대해 잘 알지 못하고 마니아적인 취미도 없어 제주도의 박물관에 크게 관심을 가지지 않고 있었다. 그러던 어느 날 홀로 제주 동쪽을 여행하던 중 비를 만나 갈 곳을 잃은 적이 있다. 멀리까지 왔는데 이대로 집에 가기는 아쉬워 주변에 갈만한 곳을 찾아보았고 우연히 '빛의 벙커'라는 전시관에 가보게 되었다. 이곳이 내가 제주도에서 방문한 첫 번째 전시관이고 이날은 내가 제주도의 여러 박물관과 미술관을 가보게 되는 도화선이 되었다.

'빛의 벙커'는 사용하지 않던 비밀 벙커를 리모델링해 미디어아트 전시관으로 만든 것이라고 한다. 사실 빛의 벙커를 방문하기 전까지 미디어아트라는 것이 뭔지 몰랐고 미디어아트라는 단어조차 생소했다. 미디어아트와 첫 만남에 무엇이 있을까 두근두근 기대하며 표를 끊고 내부로 들어갔다. 입장하자마자 화려하고 거대한 그림과 웅장한 사운드가 나를 맞아주었다. 수십 대의 빔프로젝터가 콘크리트 벽면에 미술작품을 쏘아주고 있었는데 어떻게 이렇게 선명하게 그리고 빈틈 하나 없이 벽과 그림을 연결했는지 신기했다. 내가 갔을 때는 빈센트 반 고흐와 폴 고갱이라는 화가의 작품을 보여주었는데 유명한 그림들이라 그런지 어디선가 본 듯 익숙했다.

전시는 벙커의 벽면에 화면이 바뀌면서 진행되는데 한 사이클이 50분 정도라고 했다. 한자리에 앉아서 알록달록 변화하는 거대한 그림을 보니 마치 한 편의 무성영화를 보는 것 같았다. 관람은 자유롭게 할 수 있어서 화면 사이사이를 걸어 다니며 그림 속으로 들어가 보기도 하고 곳곳에서 사진을 찍기도 했다. 음악과 함께 화려한 명화들 사이에 둘러싸여 있는 것은 새롭고도 특이한 경험이었다.

하지만 전시 해설이나 어떠한 설명 없이 바뀌는 그림들만 보다 보니 금방 지루함을 느꼈다. 사진을 찍어줄 사람도 없겠다 나는 한 사이클이 끝나자마자 전시관을 나왔다. 미술에 관심이 없는 사람에게는 추천하기 힘들 것 같지만 이곳에서 전시하는 작가에 대해 잘 알고 이전에 액자 형식의 작품을 봤던 사람에겐 흥미로운 전시가 될 것 같았다. 그리고 사진이 정말 잘 나오기 때문에 인생 사진을 남기고 싶은 여행자들은 한 번쯤 가보는 것을 추천한다.

이와 비슷한 장소로 아르떼 뮤지엄이라는 미디어아트 전시관이 20년 하반기 제주도에 새로 오픈을 했다. 이곳은 명화만 전시하는 빛의 벙커와는 다르게 폭포, 해변, 정글 등 자연풍경을 미디어로 표현해 웅장한 사운드와 함께 감각적인 몰입을 제공한다고 한다. 현재는 생긴 지 얼마 되지가 않아 많은 사람이 몰려서 전시물 앞에서 사진을 찍기 위해 줄을 선다고 하는데, 방문 열기가 조금 수그러들 때쯤 가보는 것도 괜찮을 것 같다.

비자림과
김택화 미술관

나는 미술관에 가면 그림이나 역사에 대해 공부하기보다 '작가가 어떤 생각을 하며 그림을 그렸을까?' 고민하며 작가의 감정에 이입해 잠시 현실에서 벗어나 보거나, 작품과 상관없이 혼자만의 잡생각을 정리하며 주로 시간을 보낸다. 누군가의 정성과 고뇌가 담긴 작품들 사이에서 조용히 생각하다 보면 작가의 에너지를 받아서 그런지 척척 결단을 내리게 된다. 돌이켜보면 나에게 박물관을 가는 것은 숲길을 걷는 것과 크게 다르지 않은 것 같다.

그래서인지 내 박물관 취향은 카페와 조금 비슷하다. 특정한 주제나 작품을 찾아다니기보다 공간 자체를 중요시하는 편이기 때문에 걷기에 답답하지 않게 널찍하고, 조용하고, 오래 있어도 질리지 않는 심플한 곳이 나와 잘 맞는 것 같다. 그러한 장소를 찾아보다가 눈에 띈 곳이 바로 본태박물관이다.

제주도에는 안도 다다오라는 유명한 건축가가 설계한 건물이 있다. 나는 제주도에 와서 안도 다다오라는 사람을 처음 알게 되었지만, 건축계의 노벨상이라는 프리츠커상을 받은 대단한 사람이라고 한다. 건축을 공부한 사람이라면 제주도에 오면 꼭 한 번은 안도 다다오의 건축물을 보러 간다고 하는데, 섭지코지에 있는 유민 미술관과 글라스하우스 그리고 본태박물관에서 안도 다다오의 건축 감성을 느껴볼 수 있다고 한다.

나는 내 취향에 따른 선택을 굳게 믿고 황금 같은 휴일 하루 시간을 내 본태박물관에 찾아가 보았다. 박물관은 외진 위치와 조금은 비싼 입장료 때문에 방문하는 사람이 많지는 않은 것 같았다. 입구에 첫발을 내딛자마자 도슨트가 있다는 안내 푯말이 나를 들뜨게 했다. 나는 예술에 대해 아는 것은 없지만 이야기 듣는 것을 좋아해 작품 해설이 있으면 꼭 따라다니며 듣기 때문이다.

표를 끊고 도슨트 시간에 맞추기 위해 박물관을 가볍게 한 바퀴 둘러보았다. 도시와 멀리 떨어져 있어 차 소리도 나지 않았고 사람들도 적어 전체적으로 고요한 분위기였다. 작은 정원과 연못이 걷는데 소소한 즐거움을 주었고 산방산이 보이는 전망 좋은 옥상도 있었다. 거기에 노출 콘크리트로 된 세련된 인테리어는 같은 곳을 몇 번 지나가도 지루하지 않게 해 주었다.

이곳은 특이하게 전통과 현대의 작품이 공존하는데 전시물부터 해설까지 일반 박물관과는 결이 조금 달랐다. 여러 관을 옮겨가며 옛 조선 시대 공예품부터 현대미술 작품까지 보았는데, 유명한 예술가의 작품뿐 아니라 일상적인 옛 물건에서 본연의 아름다움을 찾아본다는 점이 신선했다. 도슨트 투어는 2시간 가까이 진행이 되었는데 조금 길다고 느껴질 수도 있지만, 나에게는 박물관에서 가장 만족스러웠던 시간이었다. 도슨트께서 시대를 넘나들며 문화와 예술에 대한 설명을 재밌게 해 주셔서 지루할 틈이 하나도 없었다. 평소 해설 듣는 것을 좋아하지 않던 사람이라도 이곳을 방문하면 도슨트 프로그램에 참여해보는 것을 권하고 싶다.

도슨트와 함께하는 예술 여행이 끝나니 어느덧 해가 뉘엿뉘엿 지고 있었다. 사람들은 대부분 떠났고 나는 붉게 물든 박물관을 아쉬운 마음에 조금 더 둘러보다 나왔다. 즐거운 예술 이야기와 아름다운 건축물은 나에게 이곳을 제주에서 가장 평온한 공간으로 기억하게 해 주었다.

하늘이 무슨 색이었는지 잊게 할 정도로 비가 자주 오던 6월 어느 날 친구가 제주도를 방문했다. 장마철이라 극구 말렸지만, 친구는 이때가 아니면 시간을 내기 힘들다고 기어코 왔다. 혹시나 했지만 역시나 여행 기간 내내 비가 오거나 구름이 끼었고 어쩔 수 없이 우리는 대부분 시간을 실내 카페나 식당에서 보내게 되었다.

하루는 이러한 일정에 갑갑함을 느껴 비를 조금 맞더라도 숲길을 걸어보기로 했다. 우리는 우산을 하나씩 챙겨 절물 자연휴양림으로 향했다. 평소에는 북적북적하던 숲길이 잘못 왔나 싶을 정도로 여유로웠다. 비가 추적추적 왔지만, 실내에만 있다가 밖에 나오니 신이 나서 선착순이라도 하듯 매표소로 뛰어갔다.

산책을 막 시작하려고 하자마자 입구에서는 우산을 후두두두 때리던 비가 숲길로 들어가니 갑자기 고요해졌다. 바닥 곳곳에 진흙이 있긴 했지만 큰 나무가 바람과 비를 막아주니 걷기에 힘들지 않았다. 축축한 공기는 숲의 기운을 잔뜩 머금은 듯 무겁지만 상쾌했다. 우리는 시간 가는 줄 모르고 한참을 걸었다. 중간중간 사람도 없고 안개가 자욱이 껴서 무서운 곳도 있었지만, 숲길의 새로운 매력을 알게 되었다.

비가 오는 날 실내에만 있는 게 지겹다면 숲길에 한번 가보는 것을 추천하고 싶다. 나무들이 비와 바람을 막아주기 때문에 옷이 생각보다 젖지 않는다. 그리고 제주도는 구멍이 송송 뚫린 화산섬이라 비가 와도 물이 많이 고이지 않고 유명한 숲길은 나무 갑판이나 돌로 길이 잘 정비되어 있어 걷기 좋다. 우산을 쓰거나 비옷을 입고 비가 내리는 안개 낀 숲길을 걸어보면 맑은 날과는 또 다른 자연의 치유를 받을 수 있을 것이다.

개 낀 숲길을 걸어보면 맑은 날과는 또 다른 자연의 치유를 받을 수 있을 것이다.

소심한 바람

제주도에서 가고 싶은 미술관과 박물관을 인터넷에 검색하다 보면 한 번쯤은 '저지리'라는 단어를 볼 것이다. 저지리는 제주도 서쪽 중산간 지대의 한 지역의 명칭인데, 이곳에는 제주 현대미술관과 저지문화예술인 마을이 있다. 1999년부터 지역 경제 활성화와 제주 예술의 발전을 위해 예술 마을로 조성을 시작하였고 전국 각지에서 예술가들을 모집했다고 한다. 먼 섬나라까지 사회적으로 명망 높은 육지의 예술가들을 데려오기 위해 저렴한 가격에 택지를 분양했고 작품을 전시할 공간도 제공했다고 한다.

나는 '문화예술마을'이라는 단어에 끌렸고 예술인이 모여 사는 동네를 볼 수 있다는 생각에 큰 기대를 하고 이곳을 방문한 적이 있다. 결론부터 말하자면 이곳은 여러 블로그나 인터넷 리뷰에 비해 실망스러웠다. 현대미술관이라고 했지만 들어가는 입구부터 주변 정원, 야외 조형물들까지 현대적 감성을 느끼기에는 조금 무리가 있어 보였다. 매주 월요일은 미술관 휴관 일인데 마침 내가 간 날이 월요일이었고 미술관 내부를 관람하지 못했다. 하지만 왠지 아쉬운 마음이 들지 않았다.

미술관을 뒤로하고 예술인의 마을을 천천히 돌아보았다. 미술관 휴관 일이라 그런지 동네가 조용해서 산책하기 좋았다. 몇몇 집은 '역시 예술인은 다르구나.'라는 생각이 들 정도로 예뻤다. 그런데 깊이 들어

갈수록 곳곳에 수풀이 우거진 빈터들이 많이 보였고, 집이 있더라도 잡초로 뒤덮인 정원은 사람이 사는지 알 수 없게 했다. 마치 유령마을 같았다. 동네를 돌아보다 우연히 마주친 강아지가 '월월' 짖는 것이 이곳에서 빨리 나가라고 말하는 것 같았다.

집에 와서 찾아보니 예술 마을에 처음에 들어왔던 사람 중 많은 사람이 땅을 되팔고 나갔고, 남아있는 몇몇 예술인도 대부분 그곳을 거주 목적이 아닌 별장처럼 사용하고 있다고 했다. 제주에서 예술을 살리기 위해 야심 차게 만들었던 문화예술마을이 부와 명예를 가진 문화인들을 위한 개인적 공간으로 사용되고 버려져 있다는 것이 너무 안타까웠다. 예술인 마을이 재정비되고, 문화예술 부흥이라는 취지에 맞는 적합한 예술인들이 들어와서 활력을 불어넣어 저지리가 제주의 대표 복합 문화 예술공간으로 발돋움했으면 한다.

누구를 위한 이정표인가?

제주는 매년 천만 명이 넘는 관광객이 찾아온다고 한다. 관광객들은 일상생활하는 동안 꾹꾹 참아왔던 소비 욕을 풀 곳과 추억을 남길 멋진 사진 포인트를 찾기 마련이다. 이러한 특성이 제주를 미술관, 박물관을 짓기에 매력적인 장소로 만든 것 같다.

발 빠른 사람들은 여러 테마를 가진 박물관을 짓기 시작했고, 어느덧 제주도에는 약 100여 개의 박물관과 미술관이 생겼다. 갈수록 경쟁은 치열해졌고 한눈에 손님을 끌어들이기 위해 박물관들은 더 커지고, 더 많은 유희 거리를 갖추게 되었다. 이러한 상업적인 유혹에 따라 지어진 많은 박물관은 소장품의 질이나 체험, 교육 등에 집중하기보다 인증사진을 남길 공간이나 기념품 판매 같은 것에 더 열을 올리는 것 같았다. 몇몇 곳들은 재미난 이름만 보고 찾아갔다가 유치한 내용과 적은 소장품에 실망하기도 했고, 이상한 사진 스폿과 잡다한 기념품에 '이러려고 여기까지 왔나?' 회의감이 들기도 했다.

제주의 많은 박물관이 '박물관'이라는 이름보다 하나의 상업과 유희 공간으로서 '테마파크'라는 말이 더 잘 어울리는 것 같았다. 신상 놀이동산의 새로운 기구에 사람들이 몰리듯 관람객들은 새로 지어진 박물관으로 우르르 몰려갔고 규모가 작고 오래된 박물관들은 도태되기 시작했다. 지금 제주도에서 박물관을 찾아다니다 보면 노후화되고 관리가 되지 않는 것 같은 곳을 많이 볼 수 있다. 제주도 관(官)에서 나서서 박물관과 미술관에 고유기능을 수행할 책무를 어느 정도 주어, 이러한 문화가 개선돼서 조금 더 질 높은 박물관과 미술관들이 늘어났으면 한다.

최고의 예술작품! 제주 자연 미술관

'제주도를 여행하며 도움 받은 곳'

☆ 국립해양조사원 스마트 조석예보

http://www.khoa.go.kr

☆ 일출과 일몰 시간, 방향 지도

http://hinode.pics/lang/ko

☆ 제주도 실시간 교통정보 CCTV

http://jejuits.go.kr

☆ 한라산 실시간 CCTV

http://www.jeju.go.kr/tool/halla/cctv.html

☆ 제주 여행 무엇이든 물어보세요 064-740-6000

(제주관광공사에서 운영하는 제주 관광 정보센터로

관광지 문의, 교통문의, 축제 및 행사정보 등 제주 여행에 관련된 모든 것을 물어 볼 수 있다.)

행복

고등학교를 졸업한 뒤 나만의 가치관을 정립해 나가기 시작하면서부터 나에게 최우선 가치는 언제나 행복과 건강이었다. 사람은 행복의 힘으로 살아가고 행복하기 위한 가장 중요한 조건은 건강이라고 생각했기 때문이다. 행복에 대해 계속 생각하고 갈망해서 그럴까? 나는 일상 속에서 행복을 찾는 데는 소질이 있었던 것 같다. 아침에 학교에 가다 보면 걸을 수 있다는 것에 감사했고 맑은 하늘을 볼 수 있다는 것에 행복했다. 그리고 이렇게 작은 것에도 감사하고 행복할 수 있는 마음을 선물해주신 부모님께도 정말 감사했다.

늦은 나이에 취업 준비를 하면서 간간이 아르바이트를 했었는데, 식당이나 카페에서 일할 때 정직원을 제외하면 아르바이트생 중에는 내가 가장 고령자인 경우가 많았다. 또래 중에 사원증을 걸고 멋진 직장을 다니는 친구도 있었고 나보다 어린 친구가 먼저 취업을 해서 나갈 때도 있었지만, 아르바이트는 이때만 할 수 있는 특혜라고 생각하며 부끄러워하지 않고 열심히 다녔다. 어떻게 보면 암흑기라고 할 수 있는 시기에도 작게나마 돈을 벌며 사람들과 함께 있을 수 있다는 것이 행복했고 아직 20대 청춘이라는 것이 자랑스러웠다. 이런 긍정적인 마음 덕분인지 긴 시간의 취업 준비를 하면서도 우울함이나 좌절감을 크게 느끼지 않았다.

긴 레이스 끝에 드디어 어느 정도 안정적인 직장을 얻게 되었고 시간은 더 흘러 어느덧 내 나이는 30살을 훌쩍 넘었다. 직장에서도 자리를 잡아 신입의 티를 벗어가고 있었고 퇴근 후에는 치킨 정도는 마음 편히 먹을 만큼 대학 시절보다 생활도 풍족해졌다. 하지만 어느 순간부터 일상에서 행복을 찾던 소중한 마음을 잃어가고 있었다.

취업한 뒤에도 나의 생활패턴은 거의 변하지 않았지만, 주변 환경이 많이 변했다. 주로 만나는 사람들과 관심사가 바뀐 것 같다. 함께 어울리는 사람들의 나이대가 높아졌고 결혼을 하신 분들도 많았다. 그래서인지 직장에서는 부동산이나 주식 같은 재테크 이야기와 누군가의 승진, 월급 이야기가 주를 이뤘다. 주변 친구들도 대부분 취업을 하면서 메신저 대화방에는 차, 집, 재테크 같은 이야기들이 늘어나기 시작했다. 연휴 때 오랜만에 본가에 가서 가족과 친척들을 만나도 '돈은 얼마 받냐?', '집은 언제 살래?' 이런 말을 꼭 한 번씩 들었던 것 같다.

처음에는 아무런 생각 없이 듣고 있던 이런 이야기에 언젠가부터 귀를 기울이고 있는 나를 발견했다. 돈을 많이 벌어 우쭐대보고 싶기도 하고 멋진 성과로 인정도 받아보고 싶어졌다. 내 미래를 위해서는 더 높은 자리와 더 많은 돈이 꼭 필요하고 이것이 없으면 뒤처질 것만 같은 생각이 들기도 했다. 퇴근하고도 어떻게 하면 돈을 더 많이 벌지, 어떤 자격증을 따 볼지 같은 생각을 하며 더 나은 스펙에 집착했고 꽤 오랜 시간을 취직 전보다 조급하고 치열하게 살았다. 돈이 내 행복의 기준이 되어가고 나를 좀먹고 있던 것이다. 지금에서야 돌아보니 이때에 하늘을 본 날이 있었는지, 사진도 없고 기억도 나질 않는다.

이러한 생활이 제주도에 와서 180도 바뀌었다. 처음에는 육지와 크게 다르지 않았다. 오자마자 영어 학원을 끊고 틈틈이 재테크 영상을 봤다. 하지만 친구들이 오고 한두 번 제주 여행을 하다 보니, 어느 순간부터 제주에서의 시간을 소중하게 생각하게 되었고 여기서만의 특별한 추억을 만들고 싶어졌다. 그 후로 시간이 날 때마다 열심히 산과 바다로 돌아다녔고 나를 돌아볼 여유도 가질 수 있게 되었다. 아름다운 오름과 바다가 쉬는 날 새로운 성취만을 궁리하며 책상 앞에 앉아 있던 나를 족쇄에서 풀어준 것이다. 예쁜 카페도 가고 숲길을 걷기도 하며 가진 혼자만의 시간들은 파도가 치지 않는 먼바다처럼 내 마음을 잔잔하게 만들어 주었다. 더 이상 조급하지 않았다.

그리고 다시 하늘이 보였다. 출근길의 푸른 하늘과 퇴근길에 밝게 빛나는 달이 눈에 들어오기 시작한 것이다. 제주에 온 지 반년쯤 지나고부터는 '행복하다'라는 말을 습관처럼 하기 시작했다. 행복에는 어떠한 기운이 있는지 가만히 있어도 주변 사람들에게 "뭐가 그렇게 좋아요?"라는 말을 정말 많이 들었었다. 제주에서 나는 무엇이 나에게 가장 소중한지 깨달았고 작은 것에 행복할 수 있었던 20대의 나를 되찾았다.

행복한 퇴근길

돈과 명예도 물론 좋다. 하지만 뭐든지 적당한 중용이 필요한 것 같다. 이제는 제주를 떠나도 가끔 나를 돌아보며 마음속 저울을 잘 맞춰보려고 한다. 그리고 내 마음이 시기, 질투, 욕심으로 가득 차 저울이 너무 기울어졌을 때 이 책을 다시 펴볼 것이다. 그때 이것이 제주 생활을 회상하며 나 자신을 다잡아주고 저울을 균형 있게 맞춰주는 지침서가 되어주면 좋겠다.

내 인생 최고로 행복한 한 해를 만들어 준 제주.

감사합니다.

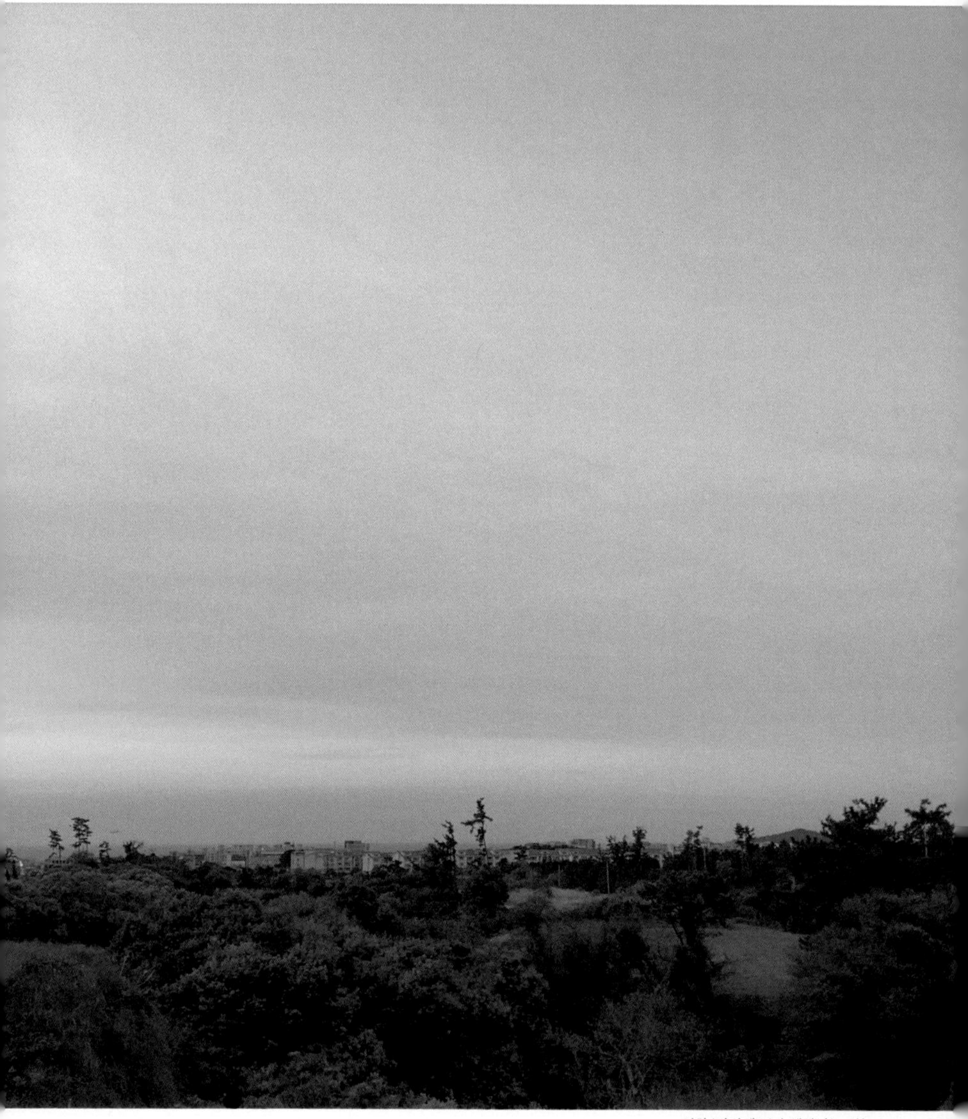

영화 '라라랜드'가 생각나는 하늘

에필로그

어릴 적 의무적으로 써야 했던 일기에 항상 불만을 가졌던 내가 책을 쓰게 된 건 정말 아이러니한 일이다. 글에 대한 반항심이 조금 수그러들고 처음 내가 자발적으로 기록을 하기 시작한 것은 대학교 시절 유럽으로 해외여행을 갔을 때인 것 같다. 영화에서만 보던 건축물과 새로운 사람들, 거대한 자연을 보고 나는 사진에 여행하면서 느끼는 나의 모든 감정을 담을 수 없다고 생각했다. 그래서 경비 계산용으로 가져갔던 가계부 수첩에 짧지만, 하루에 3~4줄씩 여행일기를 썼었다. 한국에 돌아와서 여행 갈 때 들고 갔었던 핸드폰을 잃어버려 그때의 사진들은 모두 잃어버렸지만, 다행히 수첩은 아직 남아 있다.

방 정리를 할 때 한 번씩 그 수첩을 읽으면 짧은 글임에도 그때 감정이 생생히 떠오르는 게, 과거를 기억하는 도구로써 글을 쓴다는 것이 사진을 찍는 것 못지않다는 생각이 들었다. 그 뒤로 여행을 갈 때는 항상 작은 수첩과 펜을 들고 가서 일기를 썼다. 몇 번 하다 보니 이제는 여행을 가지 않더라도 기억하고 싶은 특별한 날들을 메모하는 습관이 생겼고 그 습관이 데굴데굴 굴러 눈덩이처럼 불어나 이렇게 책까지 쓰게 되었다.

제주에서의 날들은 단 하루도 빠짐없이 나에게 특별했던 것 같다. 내 인생에 이렇게 모든 날을 기억하고 싶은 때가 또 있을까? 너무도 감사했던 1년간의 제주 생활. 아쉽지만 이제는 떠나야 할 시간.

안녕… 제주!

눈 오는 어느 제주의 밤